遺言書を読み上げます

血統書付きの相続人

JN229506

角川文庫
24399

目次

第一話　血統書付きの相続人

1

礼服を着た老若男女、十数人が集められた、和室の応接間。

この家の主《あるじ》であった、故・斉藤政子《さいとうまさこ》の葬儀を終えて、喪主である娘の斉藤絵梨《えり》が、親《しん》戚《せき》を一堂に集めていた。

「これから、母・政子の遺言書《ゆいごんしょ》が発表されますからね」と。

その様子を見て、緒本蓮里《おもとれんり》は怪訝《けげん》に思う。

遺言書《いごんしょ》の開示をするのに、まるで襲名お披露目でもするかのように、人を集めている。

もしかしたら、『犬神家の一族』を見て、遺言書の開示はそうするものだと思い込んでいるのかもしれない。

遺言書は、大勢の前で披露するような物ではない。それこそプライバシーの問題もあるというのに。

何より、相続人にとっては、苦しい思いをすることも多いのに。

日本の民法では、遺言書がない限り、条文に従って相続が行われることになる。

逆に言えば、このような法定の相続に不満があったり不都合があったりする人が、遺言書を作成することで、法律ではなく遺言書の内容に沿って相続を行うことになる。

本件では、絵梨が政子の一人娘であり、唯一の推定相続人に当たる。つまり、遺言書が無ければ、普通に絵梨が政子の財産をすべて相続することになるのだ。

だけど今回、遺言書が作られているということは……。

……そんな内容の遺言書を、僕が読まなくちゃいけないのか。

しかも、これはただの遺言書ではない。

相続専門の弁護士――竜胆杠葉《りんどうゆずりは》が、丹精込めて草案を作成したものなのだ。

品川《しながわ》区の天王洲《てんのうず》アイルに事務所を構える、相続専門の法律事務所である『ゆずりは相続法律事務所』の代表弁護士にして、蓮里のボス。

あらゆる弁護士が匙《さじ》を投げたような事例に対しても、たとえ脱法的な手段を用いてでも解決してみせるという異色の弁護士。

そんな杠葉は、「遺言書の読み上げをするだけなら、弁護士資格が無くてもできるから、任せたよ」と言って、蓮里に放り投げてきたのだ。

今回、政子の遺言について、杠葉は遺言執行者に任命されている。遺言に関する各種の実務手続を進めていく、その手続の一部を、蓮里が代行することになっていた。

弁護士である杠葉を補佐する、法律事務員《パラリーガル》。

まだ十代の若輩ながら、これまで杠葉の下で、さまざまな遺言書を読み上げてきた。そしてその度に、不満を覚えた相続人に怒鳴られたり、時には摑《つか》みかかられたりもしてきた。

そういうことには慣れた……とは言えないけれど、我慢できるようになってきた。

今日も覚悟を決め、蓮里は部屋中の視線を集めながら、口を開く。

「それでは、本件の……遺言書《ゆいごんしょ》を読み上げます――」

ふと、『遺言』を『いごん』と読むか『ゆいごん』と読むかで迷ってしまった。けれど、先ほど絵梨が『ゆいごん』と言っていたので、それに倣うことにした。

『遺言』は、一般的には『ゆいごん』と読むが、法的には『いごん』と読む。

厳密には、これらは違うものを指す。『いごん』は法律上の効果を発生させるようなものを指し、『ゆいごん』はそれより広く、単なる願いや希望や思い出語りなども含まれる。例えば、「家族みんな幸せになってほしい」という内容なら『ゆいごん』であり、「この財産を誰々に相続させる」という内容なら『いごん』となる。

そんなことを考えながら、慎重に、今回作成していた公正証書遺言を広げる。

「遺言者斉藤政子は、本遺言書において、以下のように遺言する――」

蓮里は呼吸を整え、声を張る。

「次の財産を、斉藤美春《みはる》に遺贈する――」

その文章に続いて、遺言書には、政子の所有していた埼玉県熊谷《くまがや》市内の土地と家が記されている。細かい住所や地図などが書かれているが、蓮里はかみ砕いて説明する。

「斉藤美春さんに贈られる財産は、故・政子さんの自宅——この家と土地です」

応接間が、静寂に包まれる。

「……斉藤、美春？　私じゃなくて、美春ですって？」

声を震わせる、絵梨。

「はい。斉藤美春さんに、この家と土地を譲る旨が記されています」

親戚の視線が、斉藤美春に注がれる。

その先にいるのは、黒いワンピースを着た一〇歳くらいの小さな女の子と、その女の子の膝《ひざ》の上で丸まっている、青み掛かった銀色の毛が綺麗《きれい》な一匹のネコ。

「ふざけないでよ！」

絵梨が叫ぶ。親戚一同の視線が絵梨に戻された。

「何が『斉藤美春』よ！　そんなのおかしいわ！」

絵梨が、声を裏返らせるほどに叫ぶ。

「美春って、ネコなのよ！　ただのペットなのよ！　そんなヤツにこの家も土地もあげるですって？　ありえない！　こんなのおかしいわ！」

その激しい怒声を間近で浴びる羽目になって、思わず蓮里はビクッと肩を震わせた。

ふと見ると、先ほどの小さな女の子も肩を震わせてしまっている。

そして、女の子の膝の上で丸まっていたネコも、何事かと上半身を起こした。だけど、まるで人間界の騒動など我関せずというかのように、再び女の子の膝の上で丸まった。

あのネコが、斉藤美春だ。

生前、政子と一緒にここで暮らしていた。家族同然――むしろ家族よりも深い絆《きずな》で――過ごしているからと、政子は本当の娘のように名前を付けていたのだ。

そして、このネコこそが、本件の相続人――もとい相続猫なのだ。

「ペットのネコに財産を相続させるなんて……。そんな遺言は無効に決まってるじゃない！　弁護士のくせにバカじゃないの！」

テーブルを激しく叩《たた》きながら絵梨は立ち上がり、さらに怒声を響かせる。

絵梨が詰め寄ってきそうになって、蓮里は思わず一歩下がってしまった。

すると、蓮里の肩が軽く叩かれ、杠葉が前に進み出た。

「生憎《あいにく》ですが、この遺言は有効です。少なくとも、私はそう考えて、今回の遺言書を作成しております――」

杠葉は、漆黒のパンツスーツに身を包み、漆黒の長髪を揺らしながら、切れ長の瞳《ひとみ》をさらに鋭く細めて、まっすぐ絵梨を見つめる。

その視線も、姿勢も、まったく揺らがない。

「ちなみに、私はバカではありませんので、言動には注意をしてください。このように多数の人間の前で他人を侮辱してしまうと、侮辱罪が成立する可能性もありますので、今後は言葉選びも慎重にするべきでしょう」

「なっ……」

「また、正確に言えば、本件は『相続』ではなく『遺贈《いぞう》』に当たります。推定相続人以外のものに対しては、相続はできないので遺贈になるのです。……あなた、事実誤認が著しいですね。お陰で訂正が大変ですよ」

皮肉をたっぷり込めたかのように、杠葉が言う。法律に基づいた正論だ。

絵梨は反論できず、喉《のど》の奥で唸《うな》るような音を漏らしながら、不快感をあらわにして顔を歪《ゆが》めていた。

ただ、付き合いがそれなりに長い蓮里にしてみれば、こんなものは皮肉でも何でもないのだと理解している。杠葉の言う本物の皮肉は、こんなものじゃない。

むしろ杠葉は、懇切丁寧に、教え諭すように、事実を言っているだけなのだ。

「相続だろうと遺贈だろうと、ネコに財産を残すってこと自体おかしいでしょ！　私という娘がありながら、ペットのネコなんかに財産を譲るだなんて……。まるで私のことをペット以下みたいに扱って、バカにしないでよ！」

絵梨は全身を揺らすようにして、甲高い声がさらに裏返るほどの怒声を発した。

「いいえ。まったくそのようなつもりはありません――」

杠葉は淡々と、テーブルの上に置かれた遺言書を指し示しながら、

「こちらの遺言書は、依頼主であるあなたのお母様――政子さんの希望を叶《かな》えるべく、合法的かつ真面目に作成した物です」

「そんなつもりはない？　真面目に作った？　どこがよ！　現に私は侮辱されて傷ついてるのよ。私が相続するはずだった財産も奪われたの。この遺言書のせいで！」

絵梨は叫びながら、勢いよく遺言書を指さしてきた。

確かに、この遺言書には、絵梨の名前は一切書かれていない。

遺言書には、この家と土地を美晴に与える旨が記されている。その部分は遺言に従うが、それ以外の遺言書に記載のない財産は、民法の規定に従って、法定相続人が受け取ることになる。

これは、民法の規定に従えば当然の帰結だった。なので、そんな当たり前のことは、敢《あ》えてこの遺言書には書かれていない。

と同時に、「遺言書に書く名前は、美春だけにしたい」という政子の希望にも、沿うことができているのだけど。

正直、蓮里たちも絵梨が怒ることは想定していたけれど、その程度は想定以上だった。声や表情だけでなく、身体の動きも激しくなっていて、今にも遺言書を破り捨ててしまいそうにすら思える。

……遺言書の破棄、か。

蓮里はふと、法律論や適用条文を思い浮かべる。

民法八九一条――相続欠格。

その五号には、『遺言書を破棄した者は相続人となることができない』という旨が定められている。

つまり、相続人となりうる人が遺言書を破り捨てたりして破棄してしまうと、この規定に該当することになるので、その人は相続人となることができなくなるのだ。

ということは、ここで絵梨のことを煽《あお》ることで、この遺言書を破り捨てるように仕向ければ、絵梨はこの相続について相続人としての権利を失い、文句を言う権利も失うことになるのではないか……とも考えたのだけど、そう簡単な話ではない。

ここにいう『破棄』は、単に遺言書を破いたり燃やしたりしただけでなく、破いた者が不当な利益を得る目的でやった、ということが必要になる、と解されている。

さらに、公正証書遺言の場合、遺言書の原本は公証役場という所に保管されているので、その原本を破り捨てないと『破棄』の効果は出ないらしい。

つまり、今回は本条の適用はない、ということになる。

正直なところ、『ペットのネコに財産を遺《のこ》す』なんていう相続問題を、まともな方法で解決できるわけがない。だから少しでも楽に終わってくれたら有り難いのだけど。

「訴えてやる――」

絵梨は、眉根《まゆね》に深いしわを寄せながら、杠葉と蓮里を睨《にら》みつけてきた。

「こんなふざけた遺言書を作ったあんたたちを、訴えてやる！　バカな弁護士として世間に晒《さら》されて、恥をかくがいいわ！」

その怒声と視線に、蓮里は思わず身体をすくめていた。

一方、杠葉は普段通りに飄々《ひょうひょう》とした態度だ。

「訴訟を起こすのは自由ですが、しっかり法的根拠のあるものでなければ、恥をかくのはあなたの方になります。あなたは特に事実誤認をしやすい傾向にあるようですから、くれぐれもお気を付けください」

どんな状況でも淡々と語る杠葉。まるで慇懃《いんぎん》無礼《ぶれい》で、皮肉にまみれているかのよう。杠葉にしてみれば、とても丁寧なアドバイスのつもりなのだろうけど……。

案の定、絵梨もそのように受け取ったようで、「私をおちょくって……」と唸るように言って肩を震わせていた。

「お母さんの葬式に乗り込んできたかと思ったら、何よこれ。もうお母さんは死んだんだから、この家も土地も現金も、すべて娘である私の物に決まってるじゃない！」

絵梨の叫びに、周囲の大人たちが露骨に不快な表情を見せた。

それはそうだろう。葬儀を終えた直後だというのに、それをまるで「待ってました」と言わんばかりの態度を見せつけているのだから。

そんな微妙な空気に気づくことなく、絵梨は続ける。

「くだらない理由で、私の財産を奪おうとするんじゃないわよ。これ以上まだ何か言うようだったら、警察を呼ぶわよ」

興奮状態の絵梨に対して、杠葉は、いつものように淡々と話す。

「奪うも何も、この遺言書に記載されているように、政子さんが遺した家と土地は、最初からあなたのものではありません」

「あのネコのものだって言うつもりなんでしょ――」

絵梨は勢いよく振り向きながら、ネコの美春を睨みつけていた。一緒にいる女の子が、またビクッと肩を揺らして、縮こまってしまった。

そんな態度が女の子を怖がらせているというのに、絵梨は気にしていないようだ。

「動物にお金や家をあげたって、無駄に決まってるじゃない。無効よ！　違法よ！」

「生憎、私たちはそう考えてはおりません。というのも……」

「もういいわよ！」

絵梨は杠葉の言葉を遮るように叫ぶと、憎々しげに杠葉を睨みつけた。

「ここは私の家よ。私の土地よ！　あんなペットごときのものじゃない」

「いいえ。それは事実誤認を……」

「うるさい！　もう出てって！　私の家から出ていきなさい！　今度絶対に訴えてやるんだから。首を洗って待ってなさい！　竜胆紅葉《もみじ》！」

絵梨は、わざわざ弁護士名を視認しながら、言い放った。

蓮里は思わず杠葉を見やる。むしろ部屋中の目がすべて杠葉に集まっていた。

「今日は帰りましょうか、緒本くん」

まるで何事もなかったかのように、淡々と声を掛けてくる杠葉。

蓮里は「はい」と短く返事をして、遺言書や資料などを片づけた。そして、部屋に集まっていた一同に礼をしてから、外に出た。

　斉藤家の外に出ると、辺りは既に暗くなっていた。静かな夜。蓮里は思わず大きく溜《た》め息《いき》をついて、杠葉の顔を窺《うかが》ってみる。相変わらずの仏頂面だった。

『仏頂面』という表現がこれ以上似合う人もいないだろう。知恵に優れていて威厳に満ちているが、愛想は無い。まさに仏頂尊《ぶっちょうそん》のような表情。

「いやはや、参ったね――」

　まったく参っていなそうな、軽い口調で杠葉が呟《つぶや》いた。

「私の名前は、『紅葉』じゃなくて『杠葉』なのに」

「まず気にするのが、そこですか？」

　確かに間違えやすい漢字だし、杠葉という名前が珍しいため、つい見慣れている漢字に釣られてしまいがちなのだろう。『杠』という漢字の存在自体を知らない人からしたら、『紅』の誤字だと思い込むこともあるだろう。

「名前の漢字は、とても大事だよ。せっかく訴えるつもりでいても、相手の名前を間違えていたら、恥ずかしいにも程がある」

「確かに、それは恥ずかしいですね」

「何より、法律の世界では、些細《ささい》な漢字の書き間違いや勘違いから、『法律的には別人』だと判断されてしまうこともある。特に、戸籍が手書きだった時代の名残は今も残っていて、『新字体』や『旧字体』だけでなく、本来は誤字なのに長年使われてきたことで社会的に使用できる『俗字』というものもあるからね」

その話は、蓮里も聞いたことがある。

たとえば、不動産登記をする際に、複雑な旧字体ではなくて簡略化された新字体の名前で書類を作成したつもりが、実は、自分の戸籍上の名前は俗字だった——つまり『同じ漢字の新旧の違い』ではなく、完全に『別個の漢字』として扱われるものだったとして、わざわざ登記の修正手続をしないといけなくなった、という話があると。

相続などの法律相談では戸籍謄本を確認するのだが、それは家族関係を調べるだけでなく、正確な名前を確認するという意味合いもある。

ただ、遺言書については、その性質上、明らかな誤記やミスで漢字を間違えたと判るようなときには、その程度で無効になったり細かい修正を要求されたりすることはない、とも聞いている。遺言書は、その性質上、効果が生じたときには作成者が死亡しているので、作成者の真意を確認することができない。そのため、合理的な解釈の範囲内で、できるだけ有効になるような解釈をするようになっているのだと。

「話を戻しますけど。あの様子だと、絵梨さんは間違いなくこちらを訴えてきますよね。……あの遺言の内容で、本当に大丈夫なんですよね？」

「大丈夫大丈夫。相変わらず、蓮里くんは心配性だね——」

そういう杠葉こそ、相変わらず飄々としていた。

「うちは、他所《よそ》さんではやらないような、やりたがらないような、あるいは投げ出したような案件を受け持つことが多いから、必然、訴訟まで発展する可能性も高い。だからこそ、それを踏まえた上で解決策を出さないと、依頼者を裏切ることになってしまう。遺言を作った依頼者が死んでしまってから、『裁判で負けたので、あなたの望みは叶《かな》えられませんでした』では済まない。相続問題というのは、常に一発勝負だ」

杠葉の言葉に、蓮里は「そうですね」と深く頷《うなず》いた。

この理念に共感しているからこそ、蓮里は彼女の事務所で働いているとも言える。

初めて会ったときは依頼者の側だったからこそ、余計に心に染みる。

「本件も、特殊な遺言書を作成している以上、絵梨さんが反発してくるのは想定済みだ。まぁ、あそこまで敵愾心《てきがいしん》を持つとは思わなかったけど」

「あれはもう、話し合いでの解決は難しそうですね」

「まぁ、絵梨さんからしてみれば、自分が相続するつもりだった財産を奪っていった、まさに『泥棒ネコ』として映っているだろうからね」

「ネコだけに」

蓮里は思わず苦笑が漏れた。

そのとき、背後から「あのっ」と声を掛けられた。

振り返ると、ネコの美春と、それを抱きかかえている女の子がいた。その隣には、女の子の両親も、どこか不安げな様子で立っている。

「ああ、美春さん」

杠葉が、丁寧に敬称を付けて呼んだ。

すると、女の子はネコの美春の手を取って、ネコの美春と一緒に「はい」と手を上げて答えた。

「あら、ふふっ……」女の子の母親が笑う。「最近、この子はこれがお気に入りなんですよ。名前を呼ばれたら、こうして一緒に手を上げるんです」

そう言われた女の子は、ちょっと照れたように、俯《うつむ》き加減ではにかんでいた。

ほんの少しの会話だけれど、美春たちの仲の良さが十分に伝わってきた。

「ご家族の皆さんにも、申し訳ないのですが、もうしばらくの間、おたくでこの子のことを預かっていていただけますか」

「うん、いいよ」

女の子が元気に答えた。それに合わせるように、ネコの美春も鳴いた。続けて両親も了承をしてくれた。

「ありがとうございます。この家は、今は絵梨さんが占有をしていますが、しばらくすれば遺言の通りに美春さんのもとに取り戻せる予定ですので」

すると、女の子の母親が愉快そうに言った。

「うちはまったく問題ないですよ。見ての通り、この子はうちの娘によく懐いていますし。……政子さんが入院してしまった頃からこの子と一緒に暮らし始めて、まだ一年も経っていないですけど、美春もとても仲良しになってるんです」

「それは良かったです。美春さんたちが仲良しであれば、この遺言を作った甲斐《かい》もあるというものです」

そんな杠葉の言葉に、女の子とネコの美春が同時に頷いていた。蓮里たちは思わず頬を緩めて、女の子とネコ――ふたりのことを見つめた。

「今回、私たちがお役に立てたなら良かったです」と、安堵《あんど》したように母親が言う。

「うちは、血縁としては遠いですし、名字も違うんですけど、政子おばさんには本当にお世話になったので、少しでも恩返しができたなら嬉《うれ》しいです。今回のことで、おばさんの願いが実現できれば、それで……」

そう言いながら、母親は複雑な表情で斉藤家を見つめていた。


美春たちに見送られて、蓮里は杠葉を乗せて車を出した。

「……勝ちたいですね。この案件」

蓮里は思わず、そんなことを呟いていた。

「大丈夫だ」杠葉は断言する。「私は、ちゃんと解決策を組み立てた。政子さんから相談を受けて、政子さんも納得できるような解決策を実行してきている」

杠葉の言葉を受けて、蓮里は、政子が相談に来た日のことを思い出す。

それは、まだ蓮里がゆずりは相続法律事務所で働き始めたばかりのこと。初めて最初から関わることのできた案件だった。

2

二年前の春のこと。

その日、蓮里は少なからず緊張していた。

蓮里がゆずりは相続法律事務所に雇われてから、初めて法律相談に立ち会うことになっていた。と言っても、蓮里は法律関係の資格を持っていないので、法律的な意見を言うようなことはできない。あくまで事務的な補佐をするだけなのだけど。

それでも、法律事務所で働いているという実感が改めて湧いてきて、嬉しかった。

最寄りの天王洲アイル駅に降り立つと、足元が少し浮ついているように感じた。

予定では昼からの出勤だったのだけど、気が逸《はや》ってしまって、今の時間は一〇時半。

我ながら、落ち着きがなさすぎる。

近くに大学があるせいか、ホームには学生らしきグループも多く見られた。蓮里と同年代の、賑《にぎ》やかな集団。

蓮里は一人、スーツ姿で、彼らとは別の出口に向かう。

このスーツ、どうにも似合っていないように感じていて、少し恥ずかしい。なにせ、この仕事を始めるまでスーツを持っていなかったのだ。普通なら大学の入学式や就活などで買っているのかもしれないけれど、どちらも蓮里には縁遠かった。新調したスーツはパリパリとした着心地がして、服に着られている感じが拭《ぬぐ》えない。

駅から徒歩五分。二〇階を超える高層の複合ビル、その商業フロアである二階に、ゆずりは相続法律事務所がある。大きな磨《す》りガラスが張られた扉。そのガラス部分に『ゆずりは相続法律事務所』と書かれている。

相続専門の弁護士事務所で、要求される報酬は高いが、顧客満足度は一〇〇%。普通の弁護士が匙《さじ》を投げたような案件でも、しっかり解決してみせるというのが売りだ。

かくいう蓮里が初めてこの事務所を訪ねたのは、依頼者としてだった。

それが今は、スタッフとしてここに来ている。しかも、いつか弁護士としてここに来られるように、予備試験、そして司法試験に向けた勉強中でもあるのだ。

その真逆とも言える転身に、蓮里は苦笑する。

蓮里は大きく深呼吸をして、事務所の扉を開けた。扉に取り付けられているカウベルが鳴る。

「お、おはようございます……」

思っていた以上に緊張していたのか、蓮里の声はか細く、しかも裏返っていた。

いつも杠葉から「挨拶《あいさつ》は元気よく。接客業の基本だ」と言われているのに、これではまた何か言われてしまいそうだ。

杠葉の返事は無い。

……もしかして居ないのかな。上の自宅に帰ってるとか？

杠葉はこのビルの上階に住んでいる。この事務所に入りきらない資料や専門書なども置かれているので、ちょくちょく杠葉は自宅に戻っていることがある。

……だとしたら、鍵《かぎ》が掛かってないのは不用心だな。

そう思いながら、蓮里は事務所の奥へと進んでいく。

この事務所は、扉を開けると、まず正面が壁になっている。一歩入って右側を向くと通路が延びていて、正面には応接室に続く扉がある。この通路の脇には、役所の窓口のようなカウンターがあり、そのカウンターの奥に、デスクや本棚が置かれた事務スペースがある。いったん応接室に入ってから回り込んでいかないと、事務スペースには行けないような構造になっているのだ。

必然的に、出勤してきた蓮里も、回り込んで事務スペースに行かなければならない。

どうしてこんな面倒な構造になっているのか。

杠葉が言うには、「弁護士は、敵が多いからね」とのことだった。

「もし急にこの事務所が襲撃されても、扉のカウベルが鳴った瞬間に侵入者に気付けるし、この受付カウンターで侵入者を食い止めることもできる。その隙に、こちらは逃げるなり迎撃態勢を整えるなりすることができる、というわけだ」

そんなことを、いつものように飄々《ひょうひょう》と言っていた。きっと杠葉なりの冗談なのだろう、と蓮里は思っていた。

こちらに向かって六法全書を振りかぶっている、杠葉の姿を見るまでは。

蓮里と杠葉は、カウンターを挟んで見つめ合ったまま、固まってしまった。

「……お、おはようございます。杠葉さん」

声を絞り出すように、何とか挨拶をする。

「ああ、おはよう——」

杠葉は、まるで何も無かったかのように普通に挨拶を返してきた。

「危なかったよ。予定外の時間に来た上に、声が聞こえなかったものだから、侵入者かと思ってしまった。一歩間違えたら、この六法全書を投げつけるところだった」

「や、やめてくださいよ。六法全書を武器にしないでください」

「何を言う。弁護士にとって、六法全書は武器じゃないか」

「そうだけど、そうじゃないです」

蓮里は思わず溜息《ためいき》が漏れる。

まさか本気で、襲撃を警戒していたなんて。そこは少し、認識というか、危機感を改める必要があるかもしれなかった。

改めて、今日のスケジュールを確認する。

「今日は予定通り、蓮里くんにも、相続の相談をしに来る依頼者との面談に立ち会ってもらう。まぁ、立ち会うと言っても、基本的にはお茶くみとか資料の整理とか、私が離席したときに客と世間話とかをしてもらう感じだけど」

「あ、はい。資格を持たないパラリーガルとして、変なことを言わないようにします」

「いいや。むしろ気付いたことや疑問点があったら、積極的に発言してほしい」

「でも、自分の知識はまだまだで、お門違いなことを言ってしまうかもしれませんし」

「ああ、それはあるだろうね」杠葉はにべもなく肯定すると、「だが、多くの依頼者は、蓮里くんよりもっと知識が無い。そんな依頼者もまた、『疑問点があるけど、自分の質問はお門違いかもしれない』と思い込んで、質問を躊躇《ためら》ってしまうかもしれない。そんなとき、率先して質問をしてくれる人がいたら、少しは依頼者を安心させられるはずだ」

「なるほど……」

そんな視点で考えたことはなかった。確かに、法律の専門家である弁護士が言ってきたことに対して、素人の立場から疑問を呈するのは躊躇ってしまうだろう。

「法律相談において絶対に避けなければならない事態は、必要な情報を聞き出すことができず、そのような事実があったことにすら気付けないままになってしまうことだ。要不要にかかわらず、まずはいろんな情報を聞き出せるようにしておく必要がある」

「つまり、世間話も重要なんですね」

「ああ。試験対策の勉強ばかりやっていると、こういう相談をするときにも、条文の条件に当てはまるような事実だけを聞き出そうとする人もいる。また、いわゆる有名論点と同じ事例だと思い込んで、その事例に当てはまるような事実だけを聞こうとする人もいる。その方が効率的だから、と。そして、要件に当てはまる事実があったと思って喜んでいたら、実は例外規定に該当する事実もあったのに見逃していた、などということもありうるわけだ」

「そういえば、論文試験の問題文では、不要な情報も含めてたくさんの事実が列挙されますけど、現実の法律相談では、そういった情報を自分で集めないといけないんですね」

　紅葉が頷《うなず》く。

「弁護士は、接客業だ。客との会話をしていく中で、その客に適した、希望通りの法的サービスを提供しなければならない。特に相続は、客にとって、いわば最後のサービスを受ける機会になる。死後もその人のためのサービスを提供する仕事なんて、そうそうないだろう」

　誇らしげに言う紅葉に、蓮里も力強く頷きを返していた。

　そして改めて、今回の案件について説明を受ける。

「今からここに来る相談者は、斉藤政子さん。七四歳。埼玉県熊谷市在住。夫は既に他界。一人娘の絵梨さん・四五歳は別の所で暮らしているため、政子さんは現在、熊谷市にある一軒家で一匹のネコと一緒に暮らしている。今回、政子さん自身の相続について相談がしたくて、いろいろ調べていた中で、うちに予約を入れてきたそうだ」

「つまり、普通では解決できないような、特殊な相続案件だということですね」

紅葉は飄々とした感じで答えた。ただ、心なしか嬉《うれ》しそうにも見える。

「娘の絵梨さん以外に、相続人になりうる人はいないんですか？」

「いないそうだ。厳密には戸籍を確認する必要があるけど、政子さんの話によれば、政子さんには兄弟姉妹もいないし、ご両親も既に亡くなられている。つまり、普通に相続が発生すれば、すべての財産を娘の絵梨さんが相続することになる」

そんな政子が、紅葉に相談を持ってきたということは……。

「政子さんは、そういった普通の相続を望んでいないんですね」

「そういうことになる――」

つまり、娘に全財産が行くのは嫌だ、ということだ。

「政子さんの娘の絵梨さんは、大学進学に合わせて一人暮らしを始めたものの、学費のための仕送りを勝手に遊びのために使い込み、そのまま親に相談もなく大学も辞めてしまったそうだ」

「えぇ……」

「政子さんの夫であり絵梨さんの父である義雄《よしお》さんは、それでも娘可愛さに金銭的な支援を続けたため、絵梨さんもフリーターとして、文字通り自由気ままに一人暮らしを続けていたのだと」

「…………」

　蓮里には言葉も無かった。

　お金を渡しても、右から左へ流されるように使われてしまうだけ。これでは、遺産を遺《のこ》しても同じように流されてしまうだけのように思えてくる。

「絵梨さんが大学を辞めて五年経った頃、義雄さんは病死した——大腸がんだった。その際、政子さんは家と土地を、そして絵梨さんは現金や預金を相続したそうだ。政子さんにとっては、少し多めに現金や預金を渡すことで、手切れ金の意味も込めていたらしい。実際、この相続以降、絵梨さんが政子さんに金銭を要求するようなことはなかったそうだ」

「……なるほど」

　蓮里は、適当な相槌《あいづち》しか打てなかった。

「絵梨さんにしてみれば、待っていれば自分に財産が流れ込んでくる、という感覚なのかもしれない。だからこそ、政子さんはそれを感じ取って、『娘の思い通りにはさせない』と思っているようでもあった」

「ということは、政子さんの依頼は、娘の絵梨さんに財産を相続させないようにしたい、ということなんですか？」

「どうだろうね。その可能性も考慮して、一応、相続の『廃除』が認められる事情はないかも、探ってみた——」

『廃除』というのは、本来なら相続人になりうる者について、ある特定の事情が認められる場合に、相続権を失わせることができる、という制度だ。虐待を加えていたり、重大な侮辱を加えていたり、あるいは著しい非行が認められるときなどは、その加害の相手が死亡して相続が発生したとき、本来は相続人に当たる者でも相続人になれなくなるのだ。

「たとえば、親の金を日常的に盗んでいたりしたら、刑法上は『親族相盗例《しんぞくそうとうれい》』で処罰されないけれど、著しい非行が認められる可能性はある……とはいえ、今回はそういう事情も無い……と政子さんは言っている――」

実際のところは判らないけどね、と杠葉が付け加える。

「それに、そもそも廃除は、実務上は非常に使いづらい。手続上、これから亡くなる立場の人が前もって申し立てておくか、遺言書に書いておかないといけないし、最終的には家庭裁判所が認定をしてくれないと、全ての準備が無駄になる」

「……なるほど」

実務上使いづらいという話は、司法試験の勉強をしているだけでは出てこない。その辺りは、実務に触れているからこそ判ることで、とても興味深い。

「そもそも、私もまだ政子さんの真意までは確認していない。しかも、政子さんが希望している相続の内容は、そこまで単純なことではないんだ」

「具体的に、どういう相続を希望しているんですか？」

蓮里が促すように聞くと、杠葉はどこか楽しそうに口角を上げて、こう言った。

「ペットのネコに、自分の財産を遺したい」

「……え？」

一瞬、言っている意味が解らなかった。

「政子さんは、一緒に暮らしているネコに、家や土地を相続させたいそうだ」

繰り返し説明をする杠葉。その言葉の意味は解った。だけど、それが法律上の話になってくると、まったく解らない。

そんな蓮里を差し置くかのように、杠葉が話を進める。

「依頼主の政子さんは、がんが見つかったらしくてね。三年生存率は四〇％だと言われたそうだ。それで、ネコよりも自分が先に死ぬ可能性を痛感し、すぐに相続について調べたらしい。ネコに自分の財産を相続させるためにはどうすればいいか、と」

「そ、そんなこと、無理に決まってるじゃないですか。そんな、法理論の基礎に反するようなこと、いくら杠葉さんだって……」

蓮里は思わず、困惑に声を震わせながら言った。

「本当に、無理に決まってるのかな？」

杠葉が質問を返してきた。

まるで「自分には解決策がある」とでも言いたげに。

「いや、だって、そもそも人間以外の動物には、『権利能力』が認められていないじゃないですか。所有権も占有権も持っていない。人権だって、それこそ文字通り、人間だから認められている権利なんですから、それ以外の、ただの動物には認められていないですよ」

それは、法学の基礎として学ぶ『権利の主体』と呼ばれている話だ。

法律上の権利が保護されるためには、そもそも権利を有することができる存在でなければならない――『権利能力』を持つものでなければならない。

そして財産権の主体については、生物学上のヒト――いわゆる『自然人』と、会社や財団などの『法人』のみが該当する、とされている。

ヒト以外の動物は、該当しないのだ。

だから、ネコに対して相続財産を遺すなんていうことは、不可能なはずなのだ。

……まさに、『ネコに小判』だ。

ネコに小判を与えても、無駄なのだ。ネコは小判の価値を知らない――もとい――ネコに小判を与えても法的に保護されないのだから。

「確かに、ネコに財産を所有させることは、法律上不可能だろうね」

杠葉は、すんなりと不可能なことを認めた。

ただ、少し引っかかる言い回しをしている。『ネコに財産を所有させることは』という部分をあからさまに強調していたのだ。

「杠葉さんは、ネコに相続財産を譲ることができる方法を思い付いているんですね」

「ああ。現段階で知ることができた情報を見る限りではあるけど、使えそうな策はある。とりあえず、実行可能な方策としては、三つの案を提示できそうだ」

「三つも⁉」

蓮里は思わず声が裏返りそうになっていた。

……意味が解らない。

そもそも、ネコは動物だから、権利能力はない。つまり、ネコに財産を遺そうとしても、ネコは財産を所有することができない。ということは、ネコに財産を遺贈するような遺言書を作っても、それは法律上無意味なことを指示していることになってしまうので、その遺言は無効となるはずだ。

なのに、杠葉は、ネコに財産を譲るための方法があるという——しかも三つも。

「ちなみに、アメリカ合衆国のいくつかの州では、ペットへの財産相続が法制度として認められているが……」

「えぇ？　そうなんですか？」

「ああ。と言っても、ペットに財産権を認めたわけではなく、飼い主の遺した財産でペットを養い続けるための制度が確立している、という話のようだ」

「なるほど……。相続と同じ効果があるようにした、っていう感じなんですね」

杠葉が頷《うなず》く。

「そこで、その州法が政子さんにも適用されるようにできないかも、検討してみた」

「……はい？」一瞬、言っている意味が解らなかった。「ええと、アメリカの法律の話ですよね？　それが、日本人で日本在住の政子さんに適用されるんですか？」

「結論から言えば、無理だ」杠葉は苦笑して、「『国際私法』における管轄の話だね。アメリカの相続法は、州ごとに、当該州に居住するアメリカ人が亡くなった際の相続、または州内にある不動産が対象となる相続について、適用される。日本国内に不動産がある本件では、日本の法律が適用されることになる」

「……そんなことまで、検討したんですか？」

「もちろんだ。どんな手段であれ、それが依頼者のためになるなら、やる必要があるんだ。あらゆる手段を検討しておかなければ、有効な手段を見逃してしまうかもしれないだろう」

杠葉は、淡々とそう断言した。

蓮里は、凄《すご》いと感嘆すると同時に、やっぱり変わっている、と思った。そして不謹慎ながら、面白いとも思っていた。

だからこそ、蓮里は杠葉と知り合うことになり、こうして一緒に仕事をすることにもなったのだから。

「それじゃあ、実行可能な三つはどういうものなんですか？」

蓮里は改めて、だが逸《はや》る気持ちを抑えきれず、身を乗り出すように聞いた。

対する杠葉は、いつものように飄々とした様子で、

「それらについては、現時点では、まだ情報が十分ではない以上、単なる仮定と想像に過ぎない。そんなものを話すことはできないよ——」

蓮里の勢いを受け流すように言った。

「それに、少しは自分で考えないとダメだろう。どういう方法を取れば依頼者のためになるのか。『法律ではこうなっているので無理です』と答えてしまうのは簡単だが、やはり、依頼者の力になってあげたいと思うこともあるはずだ。そんな相手の気持ちに寄り添うのは、私よりも蓮里くんの方が得意だろう」

「それは別に、僕は相手の感情に流されやすいっていうだけですよ」

昔からそうだった。

自分以外の人が怒られているのを見ると、自分が怒られているみたいに苦しくなる。

他人が泣いていると、自分も悲しくなってくる。

楽しそうならこっちも楽しく、嬉《うれ》しそうならこっちも嬉しくなる。

同情というよりは、共鳴に近い感覚だった。

……それだけ、他人の感情に敏感に生きてきたからなのかもしれないけど。

他人に好かれるようにする——嫌われないようにする。他人の感情を窺《うかが》い続けているうちに、この共鳴感覚が生じるようになっていた。

「いずれ蓮里くんが弁護士になったら、『号泣弁護士』として有名になるかもね——」

杠葉が思いを馳《は》せるように言った。

「依頼者のために号泣しながら、裁判所の前で『不当判決』っていう紙を掲げている姿が目に浮かぶよ」

「いやそれ敗訴してるじゃないですか！」

「ああごめん。蓮里くんが勝つ姿を想像できなくてね」

「酷《ひど》い」

とはいえ自分も、自分が弁護士になっている姿なんて想像できないのだけど。

それでも、弁護士になることは蓮里の夢だ。

訳あって、高校にはまともに行けず、大学にはまったく行く気すら起きなかった自分が、これから予備試験に合格して、そして本番の司法試験にも合格してみせる。

司法試験を受けるためにはロースクールを卒業するという道もあるけれど、それだとわざわざ大学を卒業してからロースクールに入学することになるので、遅い。

だから蓮里は予備試験の道を選んだ。学歴不問で、少しでも早く弁護士になるために。

そのために、蓮里はこの事務所でアルバイトをしながら、勉強を続けている。

昼下がり、もうじきかと思っていたところでカウベルが鳴ったので、蓮里は事務作業の手を止めて受付に向かった。

老齢の女性が、不安げに顔を覗《のぞ》かせていた。蓮里が声を掛けようとすると、ふと、ネコの鳴き声が聞こえてきた。女性はペットキャリーバッグを持ってきていて、その中で鳴いたようだ。

「あの、本日一四時から、相続の相談をする予定になっている、斉藤政子と申します」

「伺っております。そちらの扉から応接室にお入りいただいて、少々お待ちください」

蓮里が話している間も、ネコの鳴き声は聞こえ続けていた。蓮里の視線は、ついキャリーバッグに引っ張られてしまう。

「ああ、ごめんなさいね。ネコが一緒にいても大丈夫かしら？」

「あ、はい。ぼく……私は大丈夫です」蓮里は慌てて一人称を変えながら、誤魔化《ごまか》すように話を振った。「その子の名前は、何と言うのですか？」

『美春』って言うんですよ。美しい春と書いて、美春」

政子がそう言うと、美春が返事をするように鳴いた。

政子と蓮里は、思わず一緒に笑っていた。

バッグを覗くと、耳をピンと立てた灰色の――むしろ銀色のように輝いている毛色のネコが、鋭い瞳《ひとみ》で蓮里を見返してきた。蓮里はネコの種類に詳しくないけれど、顔立ちがシュッとしていて美人だと思った……人ではなくネコだけど。

「私たち、お揃いなのよ。毛の色がどちらもグレーでね。でも、やっぱり美春の方が綺《き》麗《れい》よね――」

政子は愉快そうに笑って、愛《いと》おしそうに美春を見つめる。

『コラット』っていう種類なんです。知り合いの所で子供がたくさん産まれたからと、私がこの子を引き取ることになりまして」そう言いながら、政子は美春の血統書を見せてきた。「コラットは、別名で『幸運のネコ』とも呼ばれているらしくて、本当に、幸運のおすそ分けをしてもらったんですよ」

そう話す政子は、確かに幸せそうに声を弾ませ、頰を緩めていた。

よく「ペットは家族だ」と言う人がいるけれど、政子もそうなのだろう。愛情の強さが伝わってくる。

「実際に、何か幸せなことがあったんですか？」

蓮里が聞くと、政子は待ってましたとばかりに饒舌《じょうぜつ》になった。

「美春と一緒に暮らし始めて、一年も経っていない頃のことよ。私が庭で転んで、起き上がれなくなってしまったの。背骨の圧迫骨折だったのよ。痛くて動けないし、息が荒くなって声も出せなくなっていたのよ。そうしたら、この子が縁側から外に出てきてくれて、凄く大きな声で鳴きだして暴れ回って、それで通りかかった人が庭を覗き込んでくれたの。そのお陰ですぐに救急車を呼んでもらえて、私はこうして元気になることができたのよ。この子が居なかったら、きっと何時間も庭で倒れたままだった。もしかしたら何日もそのままだったかもしれないわね……」

政子はそう言って、自分の肩を抱くようにして震えあがっていた。

「なるほど、とても頭が良いんですね」

「えぇ。何より、とっても優しいの」

その話を聞いていると、政子が美春に財産を遺《のこ》したいと考えたのも、理解できる気がした。

政子にとって、一番身近な存在、そして一番大切な存在なのだろう。

あるいは、ネコへの恩返しでもあるのかもしれない。

「あのときは、数日間だけ大事をとって入院していたのだけど、さすがにペットは厳禁だから、ペットホテルに泊まってもらっていたの。お互い寂しくて、私が退院して迎えにいったときは、ふたりで泣いちゃったくらい」

その話を聞いて、蓮里はふと気になったことがあった。聞こうかどうか迷ったけれど、先ほどの杠葉の話を思い出す。必要な情報を聞き出すことが大事なのだと。

「あの、政子さんが入院されていた間、娘の絵梨さんは……」

「一度も、顔すら見せにこなかったわ」

それまでのにこやかな顔が、一瞬で無表情になっていた。

寂しさも悲しさも感じられないような、無表情。

それはまるで、意思疎通のできない動物を見つめているかのような。

蓮里は、政子を応接室に案内すると、人数分のお茶の用意をして相談に備えた。

資料を抱えた杠葉が入ってきて、蓮里の隣に座り、テーブルを挟んで政子が座る。そして彼女の隣の椅子の上に、美春の入ったキャリーバッグが置かれた。

政子はぴんと背筋を伸ばすようにして、杠葉のことを見つめている。政子の言動や振る舞いには力強さを感じるものの、一方で、頭髪は乾ききったようにつやが無く、頬も心なしかこけているように見えた。

がんを患っている上で、自身の相続の相談をしに来た……。思わず、不健康そうな点が目に付いてしまう。

「それでは、始めましょう——」

杠葉の言葉に、応接室の空気が引き締まった。

「今回は、政子さんを被相続人とする相続について、相談したいということですので、まずは改めて、政子さんの親族関係を確認させてください」

杠葉は、政子から戸籍謄本を受け取りながら——それと一緒に美春の血統書も受け取りながら——自己紹介をしてくれるよう促した。

「斉藤政子、七四歳です。家族構成は、娘が一人——絵梨と言います。夫の義雄は、既に亡くなっています」

「政子さんのご両親も既に他界されていて、兄弟姉妹もいらっしゃらないのですね」

「はい。一人っ子です」

「相続に関しては、娘の絵梨さんが、唯一の親族ということになりますね」

杠葉が戸籍を確認しながら言うと、政子も「そうですね」と頷《うなず》いた。ただ、すぐに「ですが」と続けて、

「心の中では、美春が大切な家族になっていますけれど」

と、キャリーバッグ内の美春に微笑みかけていた。

絵梨の話をするときの政子と、美春の話をするときの政子は、まるで別人に見えるほど感情の落差があるように見えた。

一方の杠葉は、淡々と話を進める。

「そうなりますと、本件では、もし何らの遺言も残していない場合には、政子さんの財産はすべて、娘の絵梨さんが相続することになります」

「……はい」

政子は、少し声を詰まらせながら小さく頷いた。あからさまに、その結果になることを望んでいない様子が見て取れた。

「現在、政子さんは、埼玉県熊谷市にある本人所有の一軒家で、美春さんと暮らしていらっしゃるんですね」

杠葉は、不動産登記を確認しながら聞いた。

「はい。美春と一緒に、ふたりで暮らしています」

心なしか、『ふたり』という言葉に力が込められていた。美春もそれに応《こた》えるように鳴いていた。

続いて杠葉は、一人娘の絵梨についても聞いた。それにより、事前に教えられていたことについても間違いはないと確認できた。

「絵梨が大学を辞めたときに、私たちは親として、ちゃんと厳しくするべきだったのかもしれません。それを、絵梨が自分で決めたことだからと、変に大人扱いをして、それが却《かえ》って、あの子を甘やかすことになってしまったのです」

俯《うつむ》き加減で溜息《ためいき》交じりに語る政子は、それまでの印象から一変して、年相応の——それ以上に年老いて見えた。

「政子さんと絵梨さんとの間で、財産に関する話などはしているのですか？」

「いいえ。夫が亡くなったとき、多めに現金や預金を絵梨に渡しておりましたし、そのときに『それ以上のお金は無いから、せびりに来ても無駄よ』というように伝えていましたので。……厳しくするには遅かったのかもしれませんが」

政子は自嘲《じちょう》するように呟《つぶや》いた。

「それでは、本件の本題に入りましょう——」

紅葉は、改めて気を引き締めるように言うと、

「政子さんは、ネコの美春さんに、財産を相続させたいのですね」

ネコの美春にも敬称を付ける紅葉。

いつも通りの淡々とした口調で、ふいに「ネコの美春さん」などと言うものだから、

蓮里は笑いそうになるのを必死に堪《こら》える羽目になった。

一方の政子は、そう呼ばれたことが嬉《うれ》しいのだろう、微笑みながら頷いた。

「はい。私の財産……特に美春と暮らしている家と土地を、美春のために遺してあげた

いと思っています。お金については、せめて美春が何不自由なく天寿を全うできるまでの分を遺せれば幸いです」

「つまり一番の希望は、政子さんと美春さんが一緒に暮らしている家と土地を、政子さんが亡くなられた後も、美春さんが使い続けられるようにする、ということですか」

「ええ、そうですね。一番の希望はそういうことになります。美春が穏やかに日常を過ごして、もし万が一、裁判を起こされても追い出されたりしないように」

杠葉は頷いて、資料に赤ペンでメモを取っていた。蓮里も少し遅れてメモを取る。

「ひとつ、注意していただきたいことがあります――」

杠葉がしかつめらしい表情で言う。

「そもそもの話として、ネコやイヌなどの動物は、『財産権』が認められていません。つまり、ネコにお金をあげるとか、ネコの名義で不動産登記をするということは、日本の現行法においては不可能です」

「あの、たとえば、美春のためにおもちゃとかベッドとかを買ってあげていたとしても、それでも美春の物にはならないということでしょうか？」

「そうです。それはあくまで、人間である飼い主の政子さんが所有権を有していて、政子さんの所有権の範囲内で自由な使用を容認しているだけ、ということになります。たとえば、もし美春さんの使っているおもちゃが盗まれたら、その被害者は、ネコの美春さんではなく飼い主の政子さんになります。警察に被害届を出すのも、裁判所に訴えるのも、すべて政子さんの名において、政子さんの権利に基づいて、行うことになります。これらの手続を、ネコの美春さんの名前で進めることはできません」

「それは、確かに……」

と政子は納得したように言葉を発したが、すぐに「あの、でも――」と続けた。

「それは、私が完全に美春にあげたつもりでいても、変わりはないのでしょうか？」

「変わりはないですね。いくらネコに譲ったことを強調しようとしても、それは政子さんの『所有権・占有権の放棄』が問題になるだけで、美春さんが所有権を有するかどうかとは別の問題です」

「……そうなのですね」

すると杠葉は、視線を鋭いものに変えて政子を見やる。

「もし仮に、動物にも財産権を認めてしまうと、今の政子さんがやっていることと同じ手順で、飼い主の『財産隠し』や『脱税』などが容易にできてしまうのですよ」

「えっ？」

「たとえば、固定資産税を請求されたときに、『その土地はペットの所有物であって私の所有物ではないので、私は払いません。ペットに請求してください』などという反論が成立してしまうことにもなるのです」

「ああ、確かに……」

政子は納得したように頷いて、だけどすぐに、その表情を曇らせた。

「そうなると、もし私が死亡してしまったら、おもちゃも、このキャリーバッグも、美春から奪われてしまうんですか？」

「奪われるかどうかは私には断定できませんが、あくまで政子さんの所有していた財産として、相続人に相続されることになります。それらが奪われてしまうかどうかは、相続人次第です」

「そんな……」

政子は声を詰まらせて、隣に置かれたバッグにそっと手を掛けた。そんな政子の心情を察したかのように、美春が優しげに鳴く。

相続人次第、つまりは、絵梨次第ということ。

「絵梨さんには、美春さんのことを頼むことは望めないということでしょうか」

杠葉が確認するように聞くと、政子は「はい——」と即答した。

「ネコとの生活には、お金がかかります。あの子がそれを許容できるとは思えません」

確かに、自分勝手に浪費を続けていたような人が、相続という偶然の事情でペットを手に入れてしまったら、その結末がどうなってしまうのか……。想像に難くない。

「なるほど」

と杠葉は呟いて、そのまま黙って考え込んでしまった。

「……や、やっぱり、美春へ相続させるなんて無理なのでしょうか？」

政子は不安そうに声を震わせる。

「私は、どうしても美春に……大切な家族に、私の財産を遺《のこ》したいのです。私たちが一緒に暮らしていた証《あかし》として、美春には、ずっとあの家で暮らしていてほしい。そう願って、いろいろ調べて、そして竜胆弁護士のことを知ったのです。どれほど困難な相続問題であっても、竜胆杠葉弁護士なら解決してくれると」

切実な表情で杠葉を見つめる政子。

蓮里は胸が苦しくなり、思わず政子と一緒になって杠葉のことを見つめていた。

杠葉なら、何とかしてくれるんじゃないか。

たとえ困難だと言われていても——無理だと言われていても、杠葉なら。

そんな期待を、蓮里も持っている。かつて依頼者として杠葉と出会ったときから、ずっと、今も。

何より、杠葉は先ほど、解決策が三つ浮かんでいると言っていたのだ。

「大丈夫です——」

杠葉が口を開いた。

その口角は、心なしかわずかに上がっている。

「たとえ法律では救えなくても、私が、あなたたちを救ってみせます」

杠葉は、政子のことを——そしてキャリーバッグ内の美春のことを——見つめながら、そう断言した。

その力強さ、頼もしさに、蓮里は思わず安堵《あんど》の溜息を漏らしていた。政子も胸を撫《な》で下ろしているようだった。まだ安心するには早いのに。

……でも、たしか、弁護士は法律問題について「勝てます」とか「いくら戻ってきます」みたいなことを断言したらいけないんじゃなかったっけ？　弁護士法か何かにそんな規定があったはず。

そんなことを思った蓮里だったが、ふと杠葉が以前言っていたことを思い出す。

「密室で言ったことなんて、バレなきゃセーフだよ」

これは酷《ひど》い……。と蓮里は思ったけれど、この話には続きがある。

「断言していながら負けたなら、依頼者から文句が出て訴えられることになる。けど、依頼者が一〇〇％満足してくれたなら、誰も訴えたりしない。だから大丈夫。このことが問題になることは、絶対にないんだから」

杠葉は、そう言い切っていた。

だから今回も、杠葉が断言したということは、依頼者が確実に満足できる解決策を思い付いているということなのだ。

「竜胆先生――」

と、客人がいるときの呼び方に変えて、蓮里は杠葉に話を振った。

「具体的には、どのような手段があるのでしょうか？　動物の相続について、何か法の抜け穴を突くような解釈でもあるのですか？」

「いいや、緒本くん――」

紅葉も、客人がいるときの呼び方に変えて返してきた。

「たとえアクロバティックな法解釈を思い付いたところで、それが相手に納得してもらえず、裁判所にも認められなければ、それはまさに『机上の空論』でしかない。学校の論文試験では部分点くらいは入るかもしれないけれど、現実の法律相談としては何の価値も無い。むしろ、独りよがりの法解釈をした上で訴訟にまでもつれ込んで負けることになれば、相談者が損をしてしまうことになる――」

紅葉は、まるで学生を教え諭すように話す。

「こういうときは、既存の法制度をうまく流用するんだ。そうすることで、『ネコに財産を相続させた』ことと同じ効果を発生させるように仕向けることができる」

「ああ、なるほど……」蓮里は感嘆の声を漏らした。「既存の法制度を使っていれば、裁判になっても負けないようにできるというわけですね」

「そういうこと。ただ、あまりに本来の制度趣旨と掛け離れた使い方をしたら、それも結局は裁判所から否定される羽目になるだろうけど」

その話を聞いて、蓮里も改めて、どのような方法があるのか考えてみた。だけど、一介のパラリーガルでしかない蓮里には、何も浮かんでこなかった。

紅葉は、改めて政子に向き直って、説明を続ける。

「先ほども説明したように、動物には財産権が認められていないので、仮に『ネコの美春に財産を譲る』と記された遺言書を作ったとしても、それは何の法的効果もない、無効なものとなります」

「……はい」

政子は、声こそ弱々しかったが、真剣な眼差《まなざ》しで杠葉を見つめていた。

「美春さんに財産を相続させることと同じ効果が期待できるものとしては、まず『負担付遺贈』や『負担付死因贈与』という手段が考えられます。負担と言うよりは条件と言った方が解りやすいかもしれません。信頼できる人に対して『美春さんの世話をしてくれるのならば、財産を譲る』という条件付きの遺言を記す、あるいは生前から贈与契約を結んでおくのです。たとえば、『政子さんの死後に美春さんの面倒を見てくれるのなら、政子さんの家と土地を譲る』と――」

杠葉は、負担付遺贈についてまとめた資料を政子に見せていた。

いつの間にこんな資料を作っていたのか。用意周到だ。

「要するに、ペットに財産を与えようとするのではなく、ペットの世話をしてくれる人間に財産を与える、というかたちです。それが結果として、ペットのために財産が使われることになる、と。その上で、世話をしなければ財産は与えない、という縛りを付けることで、条件の達成を促すわけです」

「あの、もし条件を満たさなかったら――美春の面倒を見てもらえなかったら、財産は与えないとのことですけど……。その場合、美春の立場はどうなるのでしょう？」

政子は不安げに聞いた。

「それは、完全に宙ぶらりんになりますね。世話をする人がいなくなります――」

　紅葉は、あからさまな嘆息を交じらせて、

「まさにそこが、負担付遺贈の使いづらいところです。いくら『財産をあげるから条件を呑《の》め』という契約を結んだところで、財産は要らないから約束を果たさないとする人も出てきますし、あるいは、表向きは条件を呑んだように見せかけて約束を破る人も出てきます。そうなってしまうと、条件の達成を担保したり命令したりすることは、事実上不可能です」

「それじゃあ……」

「条件達成について、よほど信頼できる相手がいるのなら良いのですが、そうでない限りは使わない方が良いでしょう」

　それは、今回のケースでは使うべきではない、と言っているに等しかった。

「また、別の手段として――」

　と紅葉は続ける。

「『信託制度』というものを活用することが考えられます」

「信託？　それって、普通の銀行の代わりにお金を預けて、投資とかをしている？」

「確かに、あれも信託の一種ですね。信託というのは、文字通り『信頼して託す』ことです。ある特定の目的を実現するため、お金や財産を他者に預けて、その相手が自分の代わりに管理や運用をして、何らかの利益をもたらす、というものです。たとえば信託銀行は、投資によって運用することを目的として、多くの方からお金を集めて、投資先に投資することで、お金を預けてくれた人たちに利益を還元する、という仕組みです」

「その信託が、美春の面倒を見ることにも使えるのですか？」

「その通りです。実際、飼い主の死や入院などに備えて、ペットの面倒を見てもらうための信託契約が結ばれている例がありますし、そのためのサービスを提供している会社もあります――」

杠葉は説明をしながら、今度は『ペット信託』と書かれた資料を政子に見せた。

「信託契約は、ペットの世話をするのに必要な費用を他者に託すことで、その費用の管理運用をしてもらい、ペットの世話をしてもらう、というかたちになります」

「……ちょっと、馴染《なじ》みのない話なので、よく解らないのですが」

「そうですよね。ただ、実際にやることは単純です。信頼できる友人や、ペット信託の会社との間で信託契約というものを結んで、ペットの世話に必要な費用を渡して、専用の口座で管理してもらうだけです。要は、契約をして、お金を払うだけです――」

杠葉は説明をしながら、資料に描かれた図説を指さした。

そこには、『委託者（飼い主）』と『受託者（信頼できる人）』の間で矢印が向かい合っていて、『信託契約を結ぶ』『財産を託す』とだけ書かれていた。

「その後は、それまで通りにペットと一緒に生活しつつ、死亡や入院など万が一のことが起きたときには、ペットは新しい飼い主のもとに預けられることになり、その費用は用意しておいた口座から支払われることになる、というわけです」

「なるほど……」

政子はそう呟《つぶや》きながらも、まだ完全には理解できないようで、小首を傾げていた。

かくいう蓮里も、信託なんて勉強したことがないので、政子と揃って小首を傾げた。

「ちなみに、信託契約では『信託監督人』を任命することができ、ちゃんと目的通りに信託をしているかどうか監督してもらえる、というメリットもあります。そこは負担付遺贈や死因贈与とは異なる点ですね」

「へぇ……」政子は興味深そうに、感嘆の声を漏らしていた。

……もしかして、この方法でいける？

この信託制度なら、たとえ政子が亡くなってからも、美春の世話をしっかりと見てもらえそうだ。

蓮里は思わず期待を込めて、政子の反応を見守っていた。

だが、その期待はすぐに否定されてしまった。

他でもない、提案者である杠葉自身によって。

「ただ、『ネコの世話をする』というような行動をさせようとする場合は、たとえ監督人がいても、無視されてしまう危険性は否定しきれません。契約はあくまで契約なので、たとえペナルティがあったとしても、人によっては平気で無視をしてきます。そのような最悪の場合を考えると、実のところ、信託契約も先の負担付遺贈と大差ないことになります」

「……あ」

蓮里と政子の声が重なっていた。

「政子さんは、美春さんにあの家で暮らし続けてほしいんですよね。たとえ裁判を起こされても追い出されないように、と」

「それは、はい。それが私の一番の希望です」

政子は力強く頷《うなず》いた。

それは、杠葉が相談の初めの段階で確認をしていたことだった。

依頼者である政子が一番望んでいることは何か。

それを実現するための相談なのに――メモまで取っていたのに、蓮里は、その意識がすっぽりと抜け落ちてしまっていたのだ。

「だとすると、別の方法を考えた方が良いでしょう。政子さんの家や土地を、美春さんもそのまま使えるような方法、いかなる状況になったとしても美春さんが追い出されないで済むような方法を」

杠葉は淡々と――ただ心なしか少しだけ語気が強くなっている気がした。

すると、政子が首をうなだれるようにして、

「面倒な相談を持ち込んでしまって、申し訳ないですね……」

消え入りそうな声で謝りながら、そっと、美春の入ったキャリーバッグを撫《な》でた。

「いいえ、そんなことはありませんよ。悩み苦しむのも当然のことです――」

杠葉は相変わらず飄々《ひょうひょう》とした様子で、むしろどこか楽しげに、

「相続というのは、私たち人間にとって最後のプレゼントになるものですし、遺言書というのは最後のラブレターになるものですから」

そんなことを恥ずかしげもなく言った。

「プレゼントに、ラブレターですか。……何だか素敵ですね、それ」

政子は、少し笑いを含めたような声で返した。表情もフッと緩んでいる。

「ただ、人によっては、呪いの手紙や果たし状になったりもしますけど」

「あらあら。それはとっても嫌ですね。せっかく最後になるのでしたら、私はラブレターを遺《のこ》したいです」

政子が冗談めかしたように言うと、

「お任せください」

と杠葉は真剣に答えていた。

その自信ありげな返答に、蓮里は思わず尋ねていた。

「竜胆先生は、まだ他にも策が思い付いているんですね」

確かに杠葉は、今回の事案について、思いついた策が三つあると言っていた。

ここまで杠葉が話したのは、『負担付遺贈・死因贈与』と『信託契約』の二つ。

つまり、もう一つ策が残っているはずなのだ。

すると杠葉は、蓮里に向かって頷いてみせてから、すぐに政子に向き直って、

「もう一つ、ネコに財産を相続させるのと同様の効果を持つ策があります。ただその前に、一つだけ政子さんに確認しておきたいことがあります」

「はい、何でしょうか」

「ネコに相続させる……。仮にこの方策が功を奏して、実際にネコに相続をさせることができたとしたら、世間は大騒ぎになるでしょう。そうなったとき、果たしてネコの美春さんは、穏やかに過ごすことができるでしょうか」

「……それは」

政子は何かを言おうとして口を開いたものの、続く声は出てこなかった。

杠葉は、政子の返答を待つつもりらしく、そのまま黙っている。

しばらく、応接室が無音になった。美春の鳴き声もしない。

「それは、そのような騒ぎになることは、私も嫌です――」

言葉を選ぶようにゆっくりと、政子が話す。

「ですが、私は、美春と一緒に暮らしている家が、美春の物であってほしいのです。他の誰でもない美春に、私の財産を譲りたい。そこで美春が暮らし続けてほしい、と。あの家が他人の物になってしまうのは、何よりも嫌なのです」

その主張を聞いた杠葉は、大きく頷いてみせた。

「解りました。では、こうしましょう――」

杠葉は、これ見よがしにポンと柏手《かしわで》を打つ。

「騒がれることでネコの美春さんの生活が脅かされないように、その上で、ネコの美春さんが相続をしたことを示すように、このような方法はいかがでしょうか」

三つめの策を、政子に向けて話して聞かせた。

なぜか蓮里には聞こえないよう、内緒話でもするかのように。

「……あの、杠葉さん？」

蓮里は思わず、いつも呼んでいるように呼んでしまった。だけどそんなミスにも気づけないまま、

「どうして、僕には教えてくれないんです？」

一人称までいつも通りに言ってしまっていた。

「どうしてって――」

杠葉は、どこか楽しそうに口角を上げる。

「だって、きみは嘘や隠し事が下手じゃないか。今回の切り札になるような策を教えるわけにはいかないよ」

確かに蓮里は、感情が顔に出やすいとか、態度でどういう感情なのか判りやすいとか言われているし、その自覚もある。つまり、嘘や隠し事をしていると、つい後ろめたくなったり不安になったりして、それが態度に出てしまうのだ。

ただ、それはそれとして……。

「それじゃあ杠葉さんは、今回の解決策で嘘を吐くっていうことですか？」

思わず、咎《とが》めるように言っていた。

「嘘ではないかな——」杠葉は、言葉を選ぶように考え込みながら、「いわば、相手が誤解するであろうことを、こちらが便乗して利用するっていう感じだ。そのために、誤解を助長するように誘導したり、真相を黙っていたりすることもあるだろうからね」

杠葉が抽象的に説明をすると、政子も納得したように頷いていた。

「その解決策は、政子さんも賛成している、ということでしょうか？」

蓮里が尋ねると、政子はゆっくりと頷いた。

「ええ。先生がご提案された方法に、私は賛成です。これならきっと成功すると信じていますし、もし失敗したとしても、それは私の我儘《わがまま》が通らなかったというだけのこと。きっと、美春にとっては幸せな結果になるんじゃないかと思いますので」

そう嬉《うれ》しそうに、何より安堵《あんど》したように、優しく微笑んでいた。

いったい、杠葉はどんな解決を図るつもりなのか。

気にならないと言えば嘘になる。だけど、もし自分がその策の内容を知ってしまって、そのせいで策の成功率が下がってしまうというのなら、それは知らない方がいいに決まっている。

依頼者が何を望んでいるのか。それを第一に考える。

蓮里は、この事務所の一員として、その理念に従う——従いたいのだ。

「解りました」蓮里は頷いた。「政子さんの満足できる結果になるよう、私も協力します。……とりあえず、しばらくこの部屋から出ていましょうか」

「それはありがたい。さっそく頼むよ」

にべもなく杠葉が言う。

依頼者のことを一番に考えるあまり、周りへの気遣いが犠牲になるという。悪意が無いことは解っているけれど、蓮里は少し寂しかった。

それでも、これで政子の満足のいく結果になるのなら構わない。

そんな風に、蓮里も依頼者のことを考えながら、応接室を出ていった。

3

政子の葬儀を終えて——あの遺言書の開示を終えて、数日経った。

蓮里はいつものように天王洲アイルの事務所に出勤し、いつものように法律問題に頭を悩ませ、そしていつものように、一風変わった依頼が来ることにも頭を悩ませていた。

そんな折、一本の電話が掛かってきた。

電話を受けるのは、蓮里の役目だ。

「お電話ありがとうございます。こちら、ゆずりは相続法律じむ……」

「お前みたいな人権を無視する弁護士は、弁護士をやってる資格なんか無い！」

蓮里が名乗り終わる前に、相手はそれだけを叫んで、電話を切ってしまっていた。

蓮里は咄嗟《とっさ》に受話器を遠ざけながら、そのまま杠葉を見やる。

「ああ、久々に来たね――」

杠葉は、相変わらず飄々としている。

「裁判で負けた相手とか、遺言書で不遇だった人とかが、腹いせで怒鳴りつけてくるんだよね」

「確かに、久々ですね」

この辺りは蓮里も慣れたものだ。この事務所で本格的に働き始めて、もう丸二年を超えている。似たような経験も山のように蓄積されてきている。

もちろん辛《つら》くないわけではないけれど、大概は筋違いなことを叫ぶだけなので、我慢はできる。

この事務所の電話での会話は、基本的に録音されている。相手方に無断で録音することは『秘密録音』と呼ばれ、その録音データが適法な証拠になるかどうか、という点が問題になるのだけど、基本的には、民事事件の証拠にすることはできるが、刑事事件の証拠にするのは難しい、とされている。

要は、犯罪の捜査のために使うことは難しいけれど、損害賠償などを求めるときには、存分に使えるということ。

「一線を越えたと思ったら、録音は保存しておいて。それと、蓮里くんの我慢の一線を越えちゃいそうになったら、ちゃんと電話は取らずに休むこと」

「はい、解りました」

蓮里はそう答えたものの、実は、ちゃんと解っていなかったのだ。

この電話は、ただの始まりに過ぎなかったのだと。


鳴り続ける電話。増え続けるメール受信。そして、鍵《かぎ》を閉めているのに叩《たた》かれ続ける事務所の扉。荒ぶるカウベル……。


「今回は、なんか凄《すご》いね――」

それでも杠葉は、いつものように飄々《ひょうひょう》とした様子を崩さない。

「原因はこれだろう」

杠葉に促されて、パソコンの画面を覗《のぞ》き込む。

ゆずりは相続法律事務所と竜胆杠葉の名前が、ネットニュースになっていた。

「リアル『ネコに小判』⁉ ネコに財産を相続させた、アウトロー弁護士」

「相続で争わせて金稼ぎ！ 女弁護士の裏の顔」

「行き過ぎた『動物の権利』保障のゆがみ」

知らぬ間に撮影されていた杠葉の写真が、目線入りで拡散されている。

それらのニュースのコメント欄には、杠葉のことを煽《あお》り貶《けな》すような言葉が次々と吐き捨てられていた。

その一方で、動物愛護団体や、いわゆる『動物の権利』を主張している団体が、勝手にこちらの言い分を代弁したつもりで反論したりしていて、実にネットらしい混沌《こんとん》とした状況になっている。

ネット記事の見出し自体は、ある意味で間違ってはいない内容もある。ネコに財産を相続させたのは事実と言っていいだろうし、杠葉がアウトローなのもあながち間違っていない。

ただ、記事に寄せられるネットのコメントについては、今回の件の詳しい事情を知らない者ばかりだし、そもそも法律知識がある者すらほとんどいないようだった。

そんな人たちが、ほぼ匿名で、言いたい放題に言い合っている。

杠葉が扱う案件は、どれも特殊なものばかり。その中でも特に、今回の件は一般の人にとっても興味深いだろうし、いろいろ騒がれるだろうとは思っていた。けれど、この騒がれようは、蓮里の想像をはるかに超えていた。

……意図的に、貶すような騒ぎが拡散されている？

そう勘ぐらずにはいられなかった。

「正直、反響はあると思っていたけど、想定していたよりも賑《にぎ》やかになっているなぁ」

電話と入口の扉、二種類のベルが事務所で鳴り続ける中、杠葉の声は落ち着いている。

それを聞いているだけでも、蓮里は心強く、少しずつ落ち着くことができた。

「これって、やっぱり絵梨さんが情報を流しているんでしょうか。騒ぎも先導しているようにも感じますけど」

「どうだろうね。すべて憶測になっちゃうよ」杠葉は至って冷静沈着に、「ただ、こうした情報を流すことで私たちが追い詰められているとか、自分が優位に立てたとか思い込んでいるとしたら、それは大きな間違いだ――」

心なしか、杠葉の声のトーンが低くなっていた。蓮里の背筋がぞくりと冷える。

「こんなことをしたって、手に入れられるのは『ネット世論』のような曖昧《あいまい》な存在でしかない。法律上は何の効果も得られない」

「確かに、そうですね」

「私たちが勝つべきところは、ネット社会の多数決じゃない。現実社会の、法律上の争いだ。そこで私たちは、絶対に負けない」

杠葉の、自信にあふれたような言葉。

蓮里も思わず、力強く「はいっ」と答えていた。

政子が亡くなって、一週間が経とうとしていた。

例の件についてのネットニュースは、ピークこそ過ぎた感じではあるものの、SNSを中心として今も勝手に議論されている。その電話対応や、一線を越えてしまった人に対する開示請求などに追われつつ、もちろん他の案件も並行して対応していた。ただ、ふとした瞬間にネット検索をしたりする。やっぱり気になってしまうのだ。

そんな折、一本の電話が事務所に掛かってきた。蓮里は思わずビクッと肩を震わせたが、取らないわけにはいかない。まるでロボットになったつもりで、受話器を取る。

「お電話ありがとうございます。こちら、ゆずりは相続法律事務所でございます」

「あ、あの、お世話になっております。私、『さいとう』と申しますけれど――」

女性の声だった。何やら慌てている様子だ。

『さいとう』という名字の女性として最初に浮かんだのは絵梨だったが、声が違う。

「あの、ネコの美春ちゃんを引き取った『さいとう』です。美和《みわ》というんですけど」

「ああ、はい、こちらこそお世話になっております」蓮里は定型的な挨拶《あいさつ》を返しながら、「どうされましたか？」と聞いた。

美和の声の様子からして、あまり良い知らせではないだろうと推察できた。

「実は絵梨ちゃんが、あの家と土地を売却しようとしているんですよ。うちも含めた親《しん》戚《せき》関係に、親族割引で安く売ってあげるっていう話をして回っているみたいで」

「えぇ!?」

まさかそんなことをするなんて。あまりに予想外で、蓮里は困惑を隠せなかった。

「さすがに、親戚の面々はあのお葬式の日のゴタゴタを見ていますから、そこに首を突っ込もうとはしていないみたいですけど、このままだと、すぐに事情を知らない人にも売ろうとするんじゃないかと……」

「なるほど、解りました。ただいま竜胆に代わります」

蓮里が保留した電話を、杠葉がすぐに引き継いだ。こちらの会話に聞き耳を立てていたらしい。

それから数分、杠葉は通話を終えると、

「面倒なことをしてくれるなぁ」

と、苦笑交じりに呟《つぶや》いていた。

「あの家と土地の売却ですよね。そもそも、そんなことは可能なんですか？」

「法的には無効だ。遺言執行者がいる場合、遺言内容とその執行者を無視するかたちで相続財産を処分したら、相手が事情を知ると知らないとにかかわらず無効になる」

「あぁ、なんだ、それじゃあ気にしなくても……」

「だけど、たとえ法的には無効だとしても、現実には売却できてしまう」

「え？　どういう意味ですか？」

「効果が有ろうが無かろうが、売却という行為自体はできてしまう、ということだ。特に今回は、娘にあたる人間が『親の家と土地は私が相続した』なんて言いながら売却しようとしているんだから、相手もそれを信じやすく、契約に応じる危険性も高い。それを、『この契約は無効だ』と主張して財産を取り戻すのは、もちろん法的には可能だが、現実問題としては非常に面倒くさいわけだ」

「……ああ」

「『無効だ』と判ればいい試験問題の解答と、そこから元に戻すための作業を要する現実問題の解決は、まったく別物だ。そこにこそ、いわゆる泣き寝入りの被害者はたくさんいる」

法律は、みんなが合理的に行動する分には、とても円滑に事が進むようにできている。だけど、誰かが強引に事を進めようとすると、そのしわ寄せが周りを押し潰《つぶ》そうとしてくるのだ。

財産を独り占めしようとしたり、勝手に使いこんでしまったり……。

それをいくら「違法だ」と叫んだところで、無くなってしまったものは、もう戻ってこないのだ。

それがどれだけ大切で、唯一無二の物だったとしても。

「まぁ、今回の件については、ひとまず絵梨さんに対しても、『執行者に無断で売却しても、無効になるだけですよ』とは伝えておくよ。『横領罪』の成立の可能性も含めてね。それで少しでも躊躇《ちゅうちょ》させることができれば、時間稼ぎにはなる」

「時間稼ぎ、ですか？　稼いだら、何か効果的な方法がとれるようになるんですか？」

「ああ。今日は、政子さんの相続開始から一週間。その直後に手続を進めたから、もうすぐ完了するはずなんだが」

「手続って、何のですか？」

「蓮里くん、私に聞いてばかりじゃなくて、少しは考えたらどうだい？」

嘆息交じりに、咎《とが》められてしまった。

確かに、それはそうだ……そうなのだけど、杠葉が何をしようとしているのかも判らないため、何の手続をやろうとしているのかも判らない。

「ヒントをください」

「ヒントねぇ。ごく一般的な手続だよ。遺贈は、遺贈者が死亡したと同時に、その効果を生じる。つまり、あの土地と建物は、遺贈者の死亡と同時に、遺贈を受けた受遺者の所有物になっていた、というわけだから……？」

杠葉は懇切丁寧に話してきた。そこまで言うと、もはやヒントじゃなくて答えだ。

「不動産の所有権について、移転登記の申請手続をしたんですね」

「ああ。だいたい一週間もあれば、登記は完了するはずだ」

確かに、不動産の所有権移転登記を済ませておけば、家と土地が誰のものなのか一目《いちもく》瞭然《りょうぜん》になる。登記名義が政子から変わっていたら、絵梨も勝手に売却しづらくなる……。

そこまで考えて、蓮里はふと疑問に思った。

「でも、その登記の名義人は、いったい誰なんですか？　それこそ、ネコの美春が名義人になることなんて絶対に不可能じゃないですか」

それに、政子の希望も強く関係してくる。

あの家と土地で、ネコの美春が暮らし続けられるように、と。

そんな大切な家と土地を、誰に委《ゆだ》ねようとしているのか。

「さて、誰だろうねぇ。通知が届くのが楽しみだねぇ」

含みを持たせるように、杠葉が言う。

……もしかして、杠葉さん自身が？

そう考えてみると、確かに綺麗《きれい》な落としどころになっている気もする。

杠葉なら、依頼者である政子のことを第一に考えて、今後も行動するだろうし。

熊谷は決して近いとは言えないから、杠葉が通うのは難しいだろうけど、所有者を杠葉にしておきながら、実際にネコの美春と暮らすのは別の人にしてもいいだろうし。

そういう意味では、先ほど電話をしてきた美和の家族は、ネコの美春もよく懐いているようだった。

これなら、政子の希望にも沿うことができているんじゃないか。

蓮里は、そんな自分の推理に自信を持ちながら、その通知とやらを待った。

そのとき、事務所に電話が掛かってきた。蓮里は調子に乗って素早く受話器を取る。

「お電話ありがとうございます。ゆずりは相続法律事務所でございます」

「あ、何度もすみません。先ほどお電話を差し上げた……」

美和からの電話だった。

「ああ、お世話になっております。すぐに竜胆に代わります」

「あ、いえ、今回は言伝《ことづて》だけお願いします。先ほどの電話で、そうするようにと」

「解りました」蓮里はメモとペンを手元に寄せる。「それでは、どのような内容でしょうか？」

「はい。登記完了の通知が、されました、と」

「……え？」

蓮里は思わず困惑の声を上げていた。

「あ、登記完了の通知が、されました、です」

美和は律儀に、繰り返し伝えてくれた。こちらが聞き取れなかったと思ったようだ。ちゃんと聞き取れている。だけど、その言葉の意味を理解しきれていない。

……どうして、この連絡が美和さんから来るんだ？

「それでは、よろしくお願いいたします」

「え、あ、はい」

気の抜けた返事しかできないまま、電話は終わった。

手元のメモには、何も書けていない。だけど、その内容は忘れるわけがない。

「……紅葉さん。あの」

「美和さんからの電話だね――」

紅葉が、こちらの言葉を先取りするように言う。

「登記手続の完了通知の件だったはずだ。問題があったら私に繋《つな》いでもらうように言っておいたんだが、問題も無かったようだね」

言伝すら必要なかった。

紅葉は満足げに何度も頷《うなず》くと、

「それじゃあ、今回の相続、総仕上げといこう」

おもむろに立ち上がり、椅子に掛けてあったジャケットを勢い良く羽織る。

「総仕上げって、何をするんです？」

「決まってるじゃないか――」

杠葉は、不敵に笑みを浮かべる。

「政子さんの希望を、しっかり叶《かな》えにいくんだよ」

「……叶えにいくって、どこか行くんですか？」

「もちろん、斉藤家へ。あの家と土地を、美春さんのもとに取り戻す」

「……え？　それじゃあ、まさか、今回の登記の名義人って」

思わず声が詰まりそうになる。

それを引き継ぐように、杠葉が言った。

「名義人は、『斉藤美春』だよ」


熊谷市の斉藤家に行くと、絵梨が外まで出迎えてきた。

訪ねるということは事前に連絡を入れておいたが、具体的に何を話すのかについては適当に誤魔化した。ただ、家と土地の権利に関する重要な話だ、ということだけは伝えてあったのだ。

そのせいもあってか、絵梨は苛立《いらだ》っているようだった。それに、多少の不安もあるのか、視線が不安定に揺れ動いている。

その視線が、キッと一点に——杠葉に集中した。怒りの感情を込めて。

「あなたの事務所、最近よほど評判が悪いみたいね？　炎上って言うの？　まぁ、違法な遺言書を作ったりするから、当然でしょうけど」

開口一番、そんなことを言ってくる。まるで今回のネット炎上に関わっていないかのような態度だが、それが却《かえ》って不審だった。

「違法な遺言書？　それは、また事実誤認をされていますよ。私たちは違法な遺言書など作っておりませんので」

「はぁ？」絵梨の表情が歪《ゆが》む。「ネコなんかに財産をくれてやるなんていう遺言書が、違法じゃないわけないでしょ。ネットを見てないの？　あんな散々叩《たた》かれてるのに」

「そもそも、ネットが合法違法を判断するわけではありませんからね。素人や、事実誤認をしている人間が多数集まったところで、所詮《しょせん》は無駄で無意味なことです」

淡々と、理知的に語る杠葉。

それは同時に、感情的に語る絵梨のことを煽《あお》っているようにも映る。

「そもそもの話で言えば、もう一つ——」

杠葉は、自分に意識を集中させるように、指を立てて語った。

「そもそも、私がいつ、ネコに財産を与えるという遺言書を作りましたか？」

「……は？」

　絵梨が一瞬、固まった。だがすぐに動き出して、大きく肩をすくめると、

「なにそれ？　もしかして、『遺言書を作ったのは自分じゃなくて、斉藤政子です』とでもいうつもり？　そういう詭弁《きべん》を言ってるんじゃなくて……」

「ええ。私もそういうつもりで言っているのではありませんよ――」

　杠葉は、笑みを浮かべた。

　仏頂面ばかりの杠葉が、どこか楽しそうに口角を上げる。

「今回作成された遺言書は、『斉藤美春に家と建物を遺贈する』と書かれています。ですが、『ネコに家と建物を遺贈する』とは書かれておりません」

「……は？　どういうことよ？　だって、斉藤美春っていうのは、うちの母が飼っていたネコの名前じゃない」

「確かに、政子さんが一緒に暮らしていたネコとは、『同じ名前』ですね」

「同じ名前？　なによそれ、まるで、他にも美春っていう子がいるみたい…………え、まさか」

　そこで絵梨は気付いたようだった。

「この遺言書は、ネコと同姓同名の、人間の斉藤美春さんに遺贈する旨が書かれているんですよ」

　杠葉は、物分かりの悪い生徒に教え諭すかのように言った。

「……は？　そんな、バカじゃないの！　名前が同じだけの人に、家と土地を譲るだな

んて。娘の私を差し置いて、そんなことをするなんて！」

「名前が同じだけではありません――」

杠葉は淡々と、事実を伝えていく。

「政子さんと、人間の美春さんは、同じネコ好きなのです。ネコ好きの美春さんが、自分と同姓同名のネコがいることを知って、是非とも仲良くなりたいと交流を始めたのです。葬儀のときにも、しっかり参列されていましたよね」

「……どういうこと？　うちの親戚《しんせき》にいたっていうの？」

「ええ。葬儀のときにネコの美春さんを抱いていた女の子ですよ」

「……え？　あの子が、斉藤美春？」

「やっぱり、知らなかったんですね。親戚関係に疎いようでしたし――」

――疎まれているようでしたし。

と、杠葉は小さな声で付け加えていた。

「私は、あの遺言書開示のときに、女の子に向かって何度か『美春さん』と呼んでいたんですよ。もっとも、あの子はいつも、ネコの斉藤美春さんと一緒にいましたので、どちらを呼んだのかは判らなかったでしょうけれど」

「そんなの判るわけないじゃない！」

絵梨が苛立ちを隠さず叫んだ。

正直なところ、蓮里もまったく判らなかった。

「そうして今、『斉藤美春』の名義で、家と土地の所有権移転登記も済ませることができました。さすがに、登記をネコの名前でするなど不可能ですよ」

淡々と話を続けながら、杠葉は二枚の紙を取り出して見せた。

ここに来る前に発行してきた、土地と建物それぞれの登記事項証明書だ。

そこには確かに、『斉藤美春』の名前で、所有権移転登記がされていた。

「……なによこれ。こんなの、嘘よ」

「事実です」

「違うわ！　だって、本当は、ネコに財産を遺《のこ》そうとしてるんでしょ。それを誤魔化そうとして、同姓同名の人間を引っ張ってきたんでしょ！」

「ですが現に、人間の美春さんは、この登記にあるようにあの家と土地を譲り受けて、そして今も、ネコの美春さんと一緒に暮らしています。その事実があるのです。もしそれでも違法だと主張されるのなら、改めて、裁判を起こせば良いのです。そこでまた同じように主張をしてください。『ネコに財産を贈与した遺言は、無効だ』と」

「なっ！　……くっ！」

絵梨の顔がカッと赤くなっていた。

それはそうだろう。これまで、大々的にネットを使って全世界に「ネコに相続させた」とか「ネコに財産を与えた」などと触れ回っていたのに、それが実は、「ネコと同姓同名の人間だった」というのだから。

しかも、それは絵梨の勘違いだった、というのだ。

その事実が知れ渡ったら、どちらが恥をかくことになるのか。そして、どちらの発言が信用されなくなるのか。

何より、炎上の矛先は、容易に動いてしまうのだから。

そのことを想像してみるだけでも、蓮里まで気分が悪くなりそうだった。

「斉藤絵梨さん。この家は、この土地は、『斉藤美春』さんのものです。あなたが占有する権限は、ありません。適切な期間の猶予を与えますので、それまでに、この家を明け渡してください。そうしない場合には、そうですね、今度会うときは裁判所で、ということになりますので」

その言葉を聞いた絵梨の顔が、サッと青ざめた。そして、フラフラと揺れるように歩きながら、家の中へと消えていった。

その背中を見送りながら、杠葉が呟《つぶや》いた。

「彼女は、話し合いが下手すぎるんだよ――」

その言葉は、どこか優しげだ。

「もっと対等な感じで話し合えてたら、親との関係も違っていただろうし、私も違った解決策を選んだかもしれないのに」

初対面でいきなりバカにされるのは、誰だって嫌な気分にさせられる。

話し合いの場も作ることなく、ネットや週刊誌を煽って炎上させてきたら、もはや話し合いの余地なんて無くなってしまう。

そういう意味では、ネコの美春は、ヒトとの接し方が上手《うま》かったのかもしれない。

政子と一緒になって鳴いたり、人間の美春にもすぐ懐いたりして、いっそ言葉が通じているんじゃないかと思えるほどだった。

だからこそ、政子はネコの美春に、家と土地を遺したいと思えたのかもしれない。

「それにしても、ネコと同姓同名の人がよく身近にいましたね。強運じゃないですか」

「運は関係ないよ。身近にいなかったら、全世界から見つければいいだけだ――」

事も無げにいう杠葉。それは冗談ではなく、杠葉ならば本気でやったのだろう。

「ただ、蓮里くん。きみも『事実誤認』をしているみたいだね」

不敵に笑んでみせる杠葉。

「え？　事実誤認……？」

困惑しながらも、思考を巡らせる。

「もしかして、偽名を使ったとか、そういうわけじゃないですよね？」

登記の名義が絡んでいるから、さすがに偽名はないと思うけれど。

もし偽名なんかを使って登記に記載させていたら、公的な書類に誤った情報を記載させたとして、『公正証書原本不実記載罪』というれっきとした犯罪行為に手を染めたことになるのだ。

「うーん。当たらずとも遠からず」

とですか？」

「えぇっ？」予想外の杠葉の返答に、蓮里は声が裏返ってしまった。「ど、どういうこ
「まぁ落ち着いて――」

杠葉は落ち着き払った様子で語る。

「蓮里くんは、政子さんが一番に希望することは何だったか、覚えているかい？」

「それは、ネコの美春さんに、政子さんの家と土地を遺したいって」

「そう。そして、ネコの美春さんがこの家に居たという証《あかし》を残してほしい、と」

「それが、『斉藤美春』名義の登記をするということですよね。ただ、それは人間の
『斉藤美春』さんと同姓同名で、実際はその人間の方の登記がされている……」

そこまで言って、蓮里は違和感を覚えた。

「……これじゃあ、『人間の斉藤美春』さんの登記になっていて、『ネコの斉藤美春』の
登記にはなっていない、ということになりませんか？」

「私も同じことを思った。これじゃあ不十分だとね。だから、そこにちょっと小細工を
加えておいた」

「小細工ですか？」

「ああ。似たようなことが最近あっただろう。絵梨さんが、私の名前を間違えたやつだ。

『杠葉』じゃなくて『紅葉』だと。奇《く》しくも今回は、ちょうど新字体と旧字体と、俗字
がたくさんある漢字が使われているわけだから……」

そんな説明を受けて、蓮里は気付いた。

「もしかして、『斉藤』の『斉』の字を利用したんですか？」

「そういうことだ――」

杠葉は楽しそうに頷《うなず》いて、手近な紙に漢字を書いた。

「実は、人間の『サイトウ』さんは、戸籍上ではこの複雑な『齋藤《さいとう》』という字を使う。だが、今回の登記は……そして遺言書も、ネコと同じ『斉藤』を使っているんだ」

紙の上に、綺麗《きれい》な筆跡で書かれた『斉』と『齋』の漢字が並ぶ。

「これって、新字体と旧字体っていうことですか？」

「違う――」

杠葉は即答した。こちらの回答を予測していたのかもしれない。

「この『斉』と『齋』は、厳密には違う漢字だ。下半分が『月』のようなものと『示』のようなものとで違うだろう。そこが見極めるコツだ。ただ、この『斉』の旧字である、こんな感じの『齊』に似ているから、ちょっと油断すると違いに気づかないまま登録されてしまうことがある」

「そうやって、間違って登録させるのを、まさか狙ってやったんですか？」

「狙ったつもりはない。ただ少しだけ、登記手続を申請するとき、『この齋藤さんは、本来は複雑な旧字体ですけど、こっちの斉藤さんみたいに簡単な新字体の斉で大丈夫です』という風に誘導してみただけだ――」

悪びれることなく、そう言ってのける杠葉。

「これで、もし人間の『齋藤美春』がこの不動産登記を悪用しようとしても、『齋』と『斉』は別の漢字――別の名前と評価されることになるから、名義の修正をしないと売買などができないわけだ」

そういえば、以前、齋藤美和は「政子とは遠い親戚で、名字が違う」というようなことを言っていた。それは、この漢字の違いを指していたのか。

「……でも、これ、故意だとバレたら『公正証書原本不実記載罪』ですよね？」

「故意だと証明されたらね――」

あっけらかんと、杠葉は言う。

「だけど、私はうっかり勘違いをしただけなんだ。てっきり、この『斉』とこの『齋』は新字体と旧字体の関係だと思い込んでいた。そのせいで、遺言書でも漢字を間違えてしまったんだけれど、あれも単なる誤字だから見逃してもらえるだろう」

「……ああ」

確かに、登記だけでなく遺言書の話もあった。しかも、それも法的には問題ない。

遺言書は、極力有効になるよう解釈されるものだから。誤字で無効にはならない。

「私は、後からこの勘違いに気付いたものの、遺言書の草案を作成していたときも、登記申請をしていたときも、そんな意図はなかった――故意じゃなかったのだ」

「………………」

蓮里は思わず考え込む。だけど、この故意を証明する方法は思いつかなかった。

違法すれすれの、脱法的な解決法。

ただ、蓮里には一つだけ、杠葉が確信犯だと断言できることがあった。

「杠葉さんは、そこまでして、政子さんの家と土地を、ネコの斉藤美春に譲りたかったんですね」

他の誰でもない、同姓同名でもない、『斉藤美春』という名の家族のために。

「そうだね――」

杠葉は、緩やかに口角を上げて、

「それが、政子さんにとって一番の望みだから。それを叶《かな》えるのが、私の仕事だ」

そう、胸を張って言った。

『斉藤美春がこの家で暮らしていること』を、杠葉は明確な形として残したのだ。

政子が一番に望んでいたことを、実現してみせたのだ。

遺言書は、最後のラブレター。

前に杠葉はそう言っていた。

蓮里は、恥ずかしくて口には出せないけれど、本当にそうだと感じた。

政子がネコの美春に宛てたラブレターは、ちゃんと届いている。

相続弁護士・竜胆杠葉が、届けたのだ。

第二話　デジタル遺品の相続人

1

港区《みなと》に聳《そび》え立つタワーマンションは、『成功者の証』などと称されることもある。

この六本木《ろっぽんぎ》に林立する高層ビル群を見るたびに、蓮里はいつも圧倒されてしまう。

六本木どころか森のように建ち並ぶタワーマンション。一室一億円どころか二億円を下限とするような世界。まさに、蓮里とは住む世界が違っているように思えて、尻込《しりご》みしてしまう。

「そんな顔をして見上げて、蓮里くんはタワーマンションが苦手なのかい？」

一方の杠葉は、いつもと変わらず飄々《ひょうひょう》と、蓮里をからかうように言ってきた。

「苦手というか……。もし、自分が金持ちになったとしても、こういう家に住みたいとは思えないんです。住む必要性も、利便性もないと思いますし、そもそも僕には分不相応に思えて居心地が悪いですし。……その、弁護士は『人の不幸で食べている』なんて言われたりするのもありますし」

「そうかい？　私はそんなこと気にしたこともないけど」

「それは杠葉さんはそうでしょうけど……いえ他意はありませんよ」

蓮里は杠葉に睨《にら》まれて、慌てて釈明しようとした。

杠葉は聞こえよがしに溜息《ためいき》を吐く。

「どうも蓮里くんは、タワーマンションの価値を単純に考えてしまっているみたいだ」

「どういう意味でしょうか？」

蓮里は聞き返しながら、つい期待を込めた視線を杠葉に向けた。

確かに、蓮里は物事を単純に捉《とら》えがちだけど、対照的に、杠葉は変わった角度から物事を捉えていることが多いのだ。だから今回も、そんな杠葉の視点を知ることができる、と楽しみになっていた。

「こういった高級マンションに住むということは、それ自体が一種の宣伝になるし、営業活動にもなる。成功者であることをアピールすることが、次の仕事の依頼や新しい分野への展開にも繋《つな》がったりするわけだ」

「……なるほど。高級マンションという財産を持っている、ということだけじゃなくて、『自分の仕事で成功した』という有能さを宣伝できるんですね」

「まぁ、逆に何も成功していない人が、成功者を装って詐欺に利用することもあるが」

「……あぁ、なるほど。それはそれで、アピールのお陰で次の仕事が来るわけですね」

蓮里は複雑な気持ちで苦笑した。

「また、こういった高級マンションには、居住者専用のラウンジやジムなんかも設けられているだろう。あれはまさに、成功者専用の社交の場。成功者同士だけでコネを繋げていく仕組みというわけだ」

「それが、高級マンションの価値なんですね……」

「金額に換算することの難しい、重要な価値だ。特に相続の場面では厄介だ。単に財産の所有権が移っただけでは意味がない。これらの価値に気付いた者にこそ、遺していけるようにしないといけない」

――もちろん高級マンションに限らず、あらゆる財産の相続で考慮すべき事項だが。

そう留意を促す杠葉に、蓮里は頷《うなず》いた。

と同時に、蓮里は自分で考えてみる。

今回の案件で相続の対象となっている財産には、どのような価値があるだろうか。特に最も重要視していた、いわゆる『デジタル遺品』――

あのIT社長が遺したスマホの価値とは。


タワーマンションの地上三九階。外界の騒音は届かない、まるで別世界。

「これより、故・御厨衛司《みくりやえいじ》氏の遺言書を読み上げます」

本件の遺言執行者に指定されている杠葉の下、蓮里が話を進めた。

生前は、ITベンチャー企業――『ミクリ屋』の社長として活躍していた衛司。

自身の名字をもじった社名に、「たった三クリックで便利な生活を」というキャッチフレーズが有名で、実際に三クリックにこだわったアプリやソフトが好評だった。業績も軌道に乗り、これから更に発展していくだろうと言われていた中での、社長の死。半年前に病気が発覚し、そこからは早かった。

そんな衛司が、遺言書を遺《のこ》している。

遺言書があるということは、特殊な相続が行われるということ。それは必然的に、普通の相続が行われないということを意味する。

今、この部屋に集まっている御厨家の三人が、今回の推定相続人に当たる。

普通の相続であれば遺産を受け取ることができるはずの三人。だが、遺言書があれば話は変わる。三人は、見るからに緊張したり、感情が昂《たかぶ》ったりしているようだった。

一人は、衛司の妻・真弓《まゆみ》。四七歳。専業主婦。

「遺言だなんて、もし私に不利益を押し付けようとするなら、出るとこに出るわよ」

恰幅《かっぷく》のいい体軀《たいく》で胸を張りながら、蓮里のことを脅そうとするかのように睨《にら》みつけてくる。蓮里に凄《すご》んだところで、遺言の内容がどうなるものでもないのに。

もう一人は、衛司の長女・奈保子《なおこ》。二七歳。ミクリ屋の専務。同社の課長と交際をしていて、次期社長になるだろうと噂になっている。

「法律の知識も無い人は、無駄に喋《しゃべ》らない方がいいですよ。恥をかくだけですからね」

細身の体軀で綺麗に足を揃えて、背筋を伸ばして座っている。斜め向かいの真弓のことを見る目は、あからさまに馬鹿にして見下しているものだった。

そして最後に、衛司の次女・美弥《みや》。二二歳。今春、情報工学系の大学を卒業して、ミクリ屋に入ったばかりの平社員。

「…………」

小柄で少しだけ丸みのある体軀を、縮こまらせるように座っている。何か言いたげに、隣の真弓と向かいの奈保子のことを見ているのだけど、結局何も言えないまま俯《うつむ》いて、さらに身体を小さくしていた。

たった一回ずつの発言で、真弓と奈保子の雰囲気は最悪になっている。

真弓と奈保子は、親子ではあるが、血は繫《つな》がっていない。真弓は衛司にとって再婚相手──後妻にあたる。次女の美弥は真弓との間に生まれた子だが、長女の奈保子は、先妻である小毬《こまり》との間に生まれた子だ──奈保子が四歳のときに小毬は病死している。

険悪な空気を努めて無視するように、蓮里は遺言書の内容を淡々と話していく。

「本件相続財産は、原則として、民法に定められた法定相続分に則《のっと》り、適法に分配されるものとする」

「……え？」

拍子抜けしたように、三人とも声を漏らしていた。

それはそうだろう。「法律に則って、適法に分配すべき」だなんて、わざわざ遺言書に書くまでもないことなのだから。

だが、この遺言書には続きがある。

『原則』には、必ず『例外』があるのだ。

「ただし、以下の財産については、別途、私の遺したパスワードを解いた者にのみ、相続させる」

「……え？」

三人の相続人は声を揃えて、そして視線も揃えるかのように、蓮里を見つめた。

蓮里は、そんな視線を努めて気にしないようにして、淡々と説明を続ける。

「ここで、『以下の財産』として記されている物は、こちらです――」

説明に合わせて、蓮里はテーブルの上に、一台のスマホを置いた。

「こちらは、生前の衛司さんが使用していたスマホです。このスマホの所有権だけでなく、これに保存されているデータの利用権・処分権・請求権等も合わせて、このスマホのデータ管理のために掛けられているパスワードを解いた者に相続させる、というのが、被相続人である衛司さんの意思になります」

「なるほど。『デジタル遺品』ですか。お父さんらしいですね」

奈保子は訳知り顔に頷《うなず》いていた。

デジタル遺品は、データが保存されているパソコンやスマホなどが相続の対象になっているときに使われる用語だが、主に「相続の際に、データをどのように扱うべきか」を論じるときに使われる。他に『デジタル遺産』と呼ばれることもある。

そもそも、データ自体は法律上の『物』ではないので、原則として、単体で相続の対象にすることはできない。あくまで、『データが保存されたパソコン』や『データが保存されたUSBメモリ』などの『物』を相続させることによって、その中に保存されたデータごと引き継ぐ、ということができるに過ぎない。

その一方で、写真や文書などのデータが著作権で保護されたり、仕事上の記録が何らかの知的財産権で保護されたりする、という可能性もある。

なので、たとえばパソコンを相続で受け取って、その中にあるデータをいたずらにネット公開したりすると、著作権侵害や知財権侵害になる危険もあるのだ。

このようなデジタル遺品の相続の実態は、まだまだ法規の整備が不十分だ。

そんな分野の相続を、今回、杠葉は任されたことになる。

ふと、蓮里は半年前のことを思い出す――

「このデータ、時価にして三〇〇〇万円は優に超えると思うんですよ。……いや、活用方法次第では億だって超えるかもしれないです――」

残暑の厳しかった秋、ゆずりは相続法律事務所を訪ねてきた衛司は、滝のような汗を流しながら、見るからに不健康な痩《や》せ方をしていた。現代においてはまだまだ働き盛りとも言える五〇歳、だけどまるで七〇代にも見えそうなほどの衰えが表れていた。

あのときの汗は、季節外れの暑さのせいだけじゃなく、病魔のせいだけでもなく、衛司の精神的な熱さも原因だったように、蓮里には思えていた。

彼の熱意は、こんな言葉にも表れていた。

「だからこそ、このデータをちゃんと活用できる人に遺したい。そういう遺言を作りたいんです。それが希望なんですよ」

　そんな衛司の思いを感じながら、杠葉のアドバイスによって作られたのが、今回の遺言書なのだ。

「衛司さんが遺したこのスマホには、安く見積もっても、三〇〇〇万円相当のデータが保存されています。状況次第では、億を超える価値になるかもしれないそうです」

　衛司の言葉を思い出しながら、蓮里はそのまま伝える。

「億を超える……へぇ」

　真弓が食い入るように、スマホに顔を近付けていた。

「ただ、現在、このスマホのデータフォルダには特殊なロックが掛けられていて、パスワードを入力しなければデータを確認することもできません」

「パスワードって、あなたたちは教えてもらってないの？」

「はい。我々が聞いているのは、スマホ自体のロックを解除する暗証番号のみです。それとは別に、データを保護するフォルダにもパスワードが設定されているのですが、そちらについてはまったく聞いておりません」

「はぁ……」真弓は聞こえよがしに溜息《ためいき》を吐いて、「そういうのも聞いておくのが弁護士じゃないのかしらね？　依頼者の利益のために働くのが弁護士でしょ。ちゃんと働いてくれないと困るじゃないの」

そんな真弓の言葉を聞いて、蓮里は思わず言い返してしまいそうになる。

……あなたはそもそも依頼者じゃない。今回の依頼者は、衛司さんだ。

もっとも、そう言ったところで納得してくれるとは思えないし、無駄な対立を生むだけだろう。

すると、杠葉がこれ見よがしに営業スマイルを張り付けながら言った。

「ご心配には及びません。我々は、必ずや、たとえどのような障害や妨害があったとしても、依頼者の希望を完璧《かんぺき》に実現してみせますから」

聞こえよがしに『依頼者』を強調していた。

それは裏を返せば、『依頼者以外』を軽視することもあるということだし、何より、『依頼者の希望を邪魔する存在』は許さない、ということでもある。

そんな杠葉の真意に、会ったばかりの彼女たちが気付けるわけもなく。

「まぁ、そうしてくれるなら、ちゃんとやってちょうだい」

真弓はソファに深く座り直しながら、手振りで先を促してきた。

蓮里は、杠葉に目配せをしてから、話を続けた。

「ここで、改めて遺言の内容を確認いたします。この三人の相続人の中で、パスワードを解くことができた者に、このスマホの所有権と、この中に記録されているデータに関する処分権や各種請求権についても相続させる、というのが衛司さんの意思です」

「でも、パスワードを解かないと相続ができないなんて、そもそもそんな遺言書って有効なの？」

その疑問には杠葉が答えた。

「このような条件付きの遺贈・相続は、法律上も有効です。成就の判断がしづらいような曖昧《あいまい》な条件だと無効になることもありますが、本件の『パスワードを解く』という条件は明確ですので、法的には問題ありません」

「じゃあ本当に、パスワードを解かないとスマホは貰《もら》えないってこと？」

「そうなります」

「なによそれ、もう！」

真弓は苛立《いらだ》ちをあらわに、勢いよくソファにもたれかかった。

確かに、真弓としては面白くないだろう。

本来の法定相続に従うのであれば、妻である真弓は、無条件で遺産の半分を取得することができるはずだった。その遺産の中に、このスマホに保存されているデータも含まれていたはずなのだ――億を超えるとも言われるデータが。

ところが、ここで変な条件を出されて、「パスワードを解かないと財産は与えない」と言われたのだ。これは言い換えれば、「法定相続分よりも、真弓の相続分が減ることになっても構わない」と衛司が思ったからこそ、このような変則的な遺言が遺《のこ》されたということを意味している。

蓮里は、事務的に説明を続けた。

「このスマホは、衛司さんが自ら作成した終活アプリ――『墓の中まで』がダウンロードされ、起動している状態です」

「何よ、その名前……」

真弓が半笑いで呟《つぶや》く。それに続くように、次女の美弥も軽く笑っていた。そんな二人のことを、奈保子が見下すような目で見つめている。

蓮里は、努めてそちらを気にしないようにしながら、説明を続ける。

「この『墓の中まで』は、亡くなる方の個人情報を管理するためのアプリです。文字通り、墓の中まで秘密を持っていきたい、という希望に沿うように、普段からパスワードで情報を保存・管理しておきながら、いざ自分が亡くなったときには、パスワードを知っている人は中身を見ることができるようにもできますし、敢《あ》えて間違ったパスワードを入力させることで、データを見られなくすることも可能になります」

自分の死後、パソコンなどに保存していたり隠していたりするデジタルデータを、どう管理・処分するのが安全・安心なのか。

自分の死後にデータがどうなるかという話は、時々SNSなどでも話題になる。

たとえば――

「自分が死んだら、パソコンの中身は見ずに、処分してほしい」とか――

「このアカウントで変な呟きをしていることが、家族にバレませんように」とか――

あるいは、

「文豪のラブレターが発見されるたび、全世界に発信されるの、共感性羞恥《きょうかんせいしゅうち》がヒドい」

というものも、広い意味では似たような話だと言えそうだ。

いずれにせよ、自分の死後、自分の関われないところで自分の秘密がバラされたくない、無抵抗で秘密がバラされることに耐えられない、という気持ちは、多くの人が強く持っているということだ。

実際、そのような需要を踏まえて、死後にデータを処分するように設定できるソフトは、既に幾つかある。

たとえば、その名も『僕が死んだら…』というソフトは、表向きは遺族に対するメッセージをPCに残したように見せかけて、そのメッセージを開くと、そのメッセージが読まれている間に、あらかじめ指定しておいたデータが消去される。

今回の『墓の中まで』も、基本は「他人に秘密を見られたくない」というものだけど、そこにパスワードを加えることで、データの消去だけでなく、パスワードを教えられるほど親しい人には秘密を教えてもいい、という要望にも応《こた》えるものになっている。

「このアプリは、パスワード自体を知らなくてもデータが遺《のこ》せるよう、いわゆる『秘密の質問』を設定することができるようになっています。ここで、特定の人しか答えられないような質問を作っておけば、単にパスワードを教えるよりも、安全性を高めることができる、ということだそうです」

以前、事務所に依頼をしに来た衛司は、このアプリについてとても熱く語っていた。

まるでゲームを楽しむ子供みたいに。

「親密度が上がれば上がるほど、秘密の質問の精度も上がっていくし、結果としてセキュリティレベルも上がっていくんです。これを上手《うま》く活用したら、本当にいろんな場面で使えると思うんですよ。ラブレターとか、ネット配信の秘密のチャットとか」

当時、既に余命半年を宣告されていたにもかかわらず、その表情は実に満足げだったのを、今でも鮮明に覚えている。

「なるほどねぇ」真弓は心なしか少し身を乗り出す。「それじゃあ、その秘密の質問に答えられれば、このスマホのデータも貰えるってわけね」

「はい。本件の遺言書にある通りです」

蓮里がそう言うと、真弓も納得したように頷いた。

「まぁ、とにかくやってみるしかないわよね」

「ちなみに、パスワードの入力チャンスは、六回に設定されています。六回間違えてしまうと、このアプリ内に保存されていた各種のデータは消去されます。ただ『消去』とは言っても、正確には『上書き』をするようになっているそうです。単なる削除では復元の可能性が残るそうですが、上書きすると復元がより困難になるのだとか」

「消去ですって⁉」真弓は悲鳴のような声を上げる。「だって、このスマホの中には、証券取引とか、暗号資産の鍵《かぎ》とかも記録されているんじゃないの？」

「そうですね。具体的な取引先や証券会社などは、スマホ内のデータを見ないと判らないですが、種別で言えば、ネットバンク数社に分割してある預金口座や、証券取引のための証券口座、そして、暗号資産を取引したり現金化したりするための鍵や、チャージ式の電子マネーなどのデータが含まれているという話です」

「それが、消えちゃう危険もあるってことか……三〇〇〇万円が……」

真弓が独り言のように呟くと、

「こういうのを聞くと、『クアドリガCX』の事案を思い出しちゃうなぁ」

美弥が、苦々しい表情を浮かべて呟いた。

「なによそれ？」と真弓が聞くと、美弥は簡単に説明をした。

二〇一八年、世界的に暗号資産の取引を管理していた企業――『クアドリガCX』のCEOが急逝してしまったところ、取引を管理するための『鍵』（パスワード）をCEOだけが把握していた状態だったため、誰も取引の管理ができなくなり、その暗号資産の取引が一切不可能になってしまった、という事件があった。

このとき、一〇万人以上の利用者、約一五〇億円にも上る暗号資産の取引が凍結され、売買も換金もできなくなってしまったという。

「もしデータを開けられなかったら、額は桁違《けたちが》いだけど、似たような話になりそうだなって。このスマホの中にある三〇〇〇万円が、誰も取り出せないような、というか存在すら知られないような預金になっちゃったりするんだろうし……」

「そんなの、パスワードを間違えなければいいだけでしょ。とりあえず、やるだけやってみましょう」

真弓が豪快に、というより適当に、話をまとめていた。

すると、奈保子がぽつりと、

「何も決めないまま動き出すなんて、本当に非効率」

呆《あき》れるように、嘲笑《あざわら》うように、溜息《ためいき》交じりに言った。

「そういう奈保子は効率的よねぇ。交際相手も社内の課長。出世と恋愛が同時にできて、とっても効率的だわ」

「子持ち男性とできちゃった婚をする人に比べたら、私なんてまだまだですよ」

真弓と奈保子の言い争いが続く中、美弥はジッと俯《うつむ》いているままだった。

蓮里たちは、事前に彼女たちの話を衛司から聞いていた。

真弓については、「引っ込み思案な人たちを、力強く引っ張ってくれるんです。昔、小毬を失って落ち込んでいた私を、明るく楽しく励ましてくれた。あのときの力強い励ましがなかったら、きっと今の自分はないですから」と。

奈保子については、「冷静に周りをよく見ていて、熟考してから最善の答えを出していくタイプの子です。一つの目標を決めると、それに向かって一直線に突き進んでいく強さもありますから、きっと私がいなくなった後のミクリ屋も大丈夫です。……ここだけの話、恋愛の相手として選んだ人も、まさに最善の答えだと思います」と。

そして美弥については、「来春は、次女の美弥もうちに入社する予定ですからね。小さい頃から『大きくなったらパパと一緒のお仕事する』なんて言ってくれてて、情報工学系の大学に進んでくれただけでも嬉《うれ》しかったのに、本当に入社してくれるなんて……私の夢がついに叶《かな》うんですよ」とのこと。

美弥については、ただの娘自慢になっていた気もするけれど。

衛司の評価は、どれも一見すると合っているようで、だけどどこかがズレているような感じがする。

ただ、この三人について話をしていたときの衛司は、見るからに楽しそうで、嬉しそうで、そして幸せそうだった。

真弓と奈保子の言い争いが落ち着くと、杠葉は衛司のスマホをテーブルの上に置いたまま電源を入れた。スマホ本体のロック画面が出てくる。

「さて、ひとまずは、実際にパスワードの入力画面まで進んでみましょう」

スマホをテーブルに置いたまま操作するのは、見るからに面倒そうなのだが、ここで杠葉や蓮里が手に持って操作をするのは、御法度だ。

全員に画面が見える状態で、操作をしなければならない。というのも、こちらが変な操作をしていないことを、相続人にも確認してもらうことが重要なのだ。

デジタル遺品に関しては、データを見るためにはスマホやパソコンを使わなければならない、そしてその画面を見なければいけない、という制約がある。

　そのことを意識せず、普通に自分だけが画面を見ながら操作してしまうと、相続人から「この中にはこういうデータが入っていたはずなのに、入っていない。お前が変な操作をして消したんだ！」などといった言いがかりを付けられることもあるのだ。

　物理的に存在している『物』ならば、「隠した」とか「壊した」という現象が人の目にも見えていて、証拠も残りやすい。

　だけど、デジタル遺品ではそうはいかない。それこそ三クリックもせずに、容易《たやす》く隠したり破棄したりできてしまう。

　それが逆に、「隠したに違いない」とか「破棄したに違いない」という言いがかりを付けやすくしていて、しかも、「隠していない」とか「破棄していない」ということを積極的に証明することはできない――いわゆる『悪魔の証明』を迫られることになってしまう。

　しかも今の時代、そこから「裁判で白黒つけよう」となるならまだしも、「ネットで悪評を広めてやる」となってしまうのだから、質《たち》が悪い。

　たとえ後に裁判で「悪評はデマだった」と認定されても、もう遅い。

　もし一旦《いったん》悪評が広まってしまうと、後でそれが否定されたとしても、どうしても悪評は印象が強いし、悪評があるのは知っているけど否定されたことは知らない、という人も必然的に出てきてしまうのだ。

　一度他人に知られた情報を『消去』する、などということも、もちろんできない。

問題となる。

『情報の不可逆性』などと呼ばれていて、特にデマや名誉毀損《めいよきそん》、情報漏洩《ろうえい》などで重大な問題となる。

知られたくない情報は、一度たりとも知られてはいけない。

そういった要請があるからこそ、スマホ本体のロックも、年々強固さが増している。

プライバシーの保護、何より、盗難に遭ってしまったときの情報漏洩を防止する、というのが主な目的だけど、それが結果的に、死後の秘密の暴露を防止する、という効果ももたらしている。

たとえばアップル社のスマホやタブレットでは、一〇回入力を間違えると初期化される、という機能を設定することができる。

これは本来、盗難時の情報流出を防止するための機能なのだけど、使いようによっては、自分が死亡したときにデータを見られないようにする、という手段としても活用できる。

実際、衛司はこの機能を見て、今回の終活アプリ『墓の中まで』を思いついたのだと話していた。すべてのスマホやタブレットで、この機能が使えるように。

そして、初期化するのではなく、特定のデータだけを保護できるように、と。

衛司の会社は、データの復元サービスも扱っているのだが、このロック解除ができずに一〇回入力ミスをしてしまって、スマホなどが初期化されてしまってから「データの復元ができないだろうか」と相談されることも多いらしい。だがさすがに、初期化されてしまったものは、データの復元は不可能と言わざるを得なかったという。

その結果、ネット口座や暗号資産の取引など、遺産として相続の対象になるようなものまで消えてしまったことも、数知れず。

それこそ、へそくりとしてネット証券や暗号資産を扱っていた人は、家族にも知られないように取引をしているので、急に亡くなった場合、その存在すら知られないまま、スマホやパソコンごと『処分』されてしまうことも多いらしい。

あるいは、遺族が存在に気付かないまま証券などの取引は続いていて、いきなり『損失』が出たという連絡が来て初めて気付く、という案件も年に数件はあるという。

それが、『物』として存在していない『デジタル遺品』特有の問題点でもあった。

本件は、いわば『墓の中まで』の起動テストでもある。ちゃんと、亡くなった人の希望通りに、特定の情報を遺《のこ》すことができるのか、と。

なので、今回、本体のロック解除については、前もって衛司から暗証番号を教えてもらっていた。

杠葉が『3982』と入力して、ロックが解除された。

御厨の『みく』と、衛司を『エイト』と『二』にもじった暗証番号とのことだった。

すると、ホーム画面に、鍵《かぎ》付きの日記帳をモチーフにしたアイコンが置かれていた。

これが、終活アプリ『墓の中まで』だ。

スマホ内に保存されている画像データや文書データのうち、秘密にしておきたいものを保存しておける。そして、ここに保存されているデータは、アプリの利用者が設定したパスワードを入力しないと見ることができない。

紅葉がアイコンをタップすると、パスワードの入力画面が表示された。そこには、パスワードを思い出すための秘密の質問も記されている。

『私たちが、家族旅行で舞浜《まいはま》へ行ったときの年月日を、西暦で入力せよ（数字八桁《けた》）』

その質問を見て、三人の相続人はそれぞれ困惑したように固まっていた。

「舞浜……っていうことは、ディズニーランドよね」

真弓が確認するように美弥を見ると、美弥も頷《うなず》いて、

「……でも、ディズニーランドなんて、何回行ったかも覚えてないよ」

「そうよね。私が覚えてるだけでも、三回は行ってるわよ」

すると美弥は、天井を見上げながら手の指を折っていって、

「……私が行ったのは、五回のはず」

「それ、日時も正確に判る？」

「写真のデータをクラウドに保存してるから、それを見れば判るけど」

「じゃあ早く調べて。早く行って」

真弓に突き飛ばされんばかりに急《せ》かされるも、美弥は立ち上がることなく、座ったままスマホを取り出した。

「あら、それで調べられるのね。じゃあ早く調べてちょうだい」

真弓は悪びれることもなく、美弥を急かし続けた。

「奈保子さんは、この質問の答えに心当たりはありますか？」

そんな空気であっても、杠葉はまったく気にする様子もなく尋ねていた。

「私は、三歳のときに一度だけあります」

淡白な答え。話も広がらない。ただその声は、先ほどまでより嬉しそうに聞こえた。

表情も少し緩んで、笑っているようにも見える。

……嫌な話だなぁ。

蓮里はつくづく、そう思った。

真弓や美弥は、ディズニーランドに五回行ったという。

一方、奈保子は、三歳のときに一回しか行ったことがない、と。

奈保子と美弥の年の差は、五歳。

つまり、奈保子は、真弓や美弥と一緒にディズニーランドに行ったことはないのだ。

……お城に行けない、連れ子のシンデレラ。一人、家で灰を被《かぶ》ったまま。

蓮里は、ついそんなことを考えてしまった。

すると真弓が、聞こえよがしに笑いを含めたように言った。

「その話、私も聞いてるわよ。先妻の小毬さんも一緒に舞浜駅まで行って、だけど当時は衛司さんも起業直後でお金が無くて、改札も出ず、駅のホームから見ていただけだって。アレを『舞浜に行った』って言うなら、確かに舞浜に行ったんでしょうねぇ」

「舞浜に行ったことには、違いありませんよ」

「そうねぇ。それが衛司さんにとって楽しい家族旅行の思い出になっていたのなら、きっとこのパスワードも解けるんでしょうけどね」

真弓は、既に勝ちを確信しているかのように微笑みながら、奈保子を煽《あお》っていた。

「真弓さんたちこそ……」奈保子が言い返す。「たった一つのパスワードを入力するのに、候補が何個もあるなんて、おかしいですね？」

「……何が言いたいのよ」

「別に、私はただ、答えが一つの問題に、答えの候補が複数出てくるのはおかしいなぁと思っただけです。だって、もしその中の一つが正解だったとしても、他の四つは間違いだということですから」

「……負け惜しみね」

「そうでしょうか？　ただ論理的な説明をしただけです」

……胃が痛い。

「お母さん、判ったよ。やっぱり五回だった」

美弥が言うと、真弓は美弥のスマホをひったくるように摑《つか》んだ。

「パスワードのチャンスは六回。私たちが五回で、そして奈保子が一回だから、ちょうどいいわね」

言うが早いか、衛司のスマホも手に取って、勝手に入力を始めてしまった。

蓮里は思わず声を上げた。

「あっ……」

「何か問題でも？」

「あ、いいえ……」

真弓に睨《にら》みつけられて、蓮里は思わず委縮してしまう。そもそも、彼女の行動を制止する権限も理由も、蓮里には無かった。

誰からパスワードを入力するのかも、誰が何回パスワードを入力するのかも、まったく指定されていない。だとしたら、相続人の自由に決めても問題はないのだから。

ただ、もやもやした気持ちばかりが胸に溜《た》まってくる。

一方の杠葉は、いつものように、感情が読めないような表情をしている。怒ってはいないし、もちろん喜んでもいない。むしろ何の感情も無いように、事務的に事の顚末《てんまつ》を確認しているだけのように見えた。

……多分、杠葉さんには策があるんだろうけど。

実のところ、蓮里は詳しく聞かされていない。いつもそうなのだ。杠葉は、秘密保持のために、必要以上の人に情報を広めるようなことはしない。

今回の依頼も、いざ杠葉が衛司に具体的な策を提示する、というタイミングになって、蓮里は事務所の応接室から追い出されてしまったのだ。

杠葉は、「その方が、きみもその後の展開を想像するようになって、頭の体操にもなるだろ」なんて言うのだけれど、蓮里と杠葉とでは頭の回転のレベルが違いすぎるから、蓮里の想像なんて及ばないようなことを、平然とやってのけるのだ。

今回も、何かあるに違いない。

そして、現段階では、ちゃんと杠葉の想定通りに進んでいるのだろう。

「それじゃあ、一回目よ。美弥の三歳の誕生日――『20040830』」

真弓はさっそく、写真の撮影日のデータを見ながら数字を入力していった。

一方、美弥はその写真を見つめながら、頬を緩めていた。

シンデレラ城の前、幼い美弥が耳付き帽子を被って、衛司と真弓が両脇から二人掛かりで持ち上げている写真だった。

ただ、見るからに、美弥の表情が不機嫌そうだった。泣きそうというよりは、怒っているように見える。

美弥は、優しい手つきで写真を切り替えていった。どの写真も、三歳の美弥が不機嫌そうな顔をしているのが印象的だった。

「……ああ、覚えてる。このときは、奈保子お姉ちゃんはおじいちゃんとおばあちゃんの家に行くからって、行かなかったんだよね」

「そう、だったわね……」

奈保子と美弥の会話は、会話と呼ぶには語弊があるほど、言葉少なに途切れた。

その間に真弓は数字の入力を終えて、すぐさまアプリの『実行』をタップした。

『パスワードが違います　5／6』

画面に、警告のような赤文字と、残り回数を示す分数が表示された。

「あら違うの。じゃあ次はこっちね――」

気軽な様子で写真を切り替えながら、数字を入力しようとする真弓。

美弥は、その写真を見つめて、小さく「あぁ」と声を漏らしていた。

「二回目は、美弥の五歳の誕生日……の次の日――『20060831』ね」

今度の写真も、シンデレラ城の前で写されたものから始まっていた。五歳の美弥は、両親の間に挟まれるように、手を繋《つな》いで立っていた。

三歳のときよりも成長している美弥。ただ、その表情は、三歳のときよりもさらに曇っているように思えた。

美弥が写真を切り替えていくけれど、やはり、どれも不機嫌そうに歪《ゆが》んでいる。逆光かフラッシュのせいで眩《まぶ》しいのかとも思ったけれど、そうではないようだ。

「……私、この頃はテーマパークっていうのがあまり好きじゃなかったなぁ――」

美弥が、自分の表情の暗さを釈明するように言った。

「今は好きなんだけど、昔は、どこか別の世界に連れて行かれちゃうって、誘拐されちゃうって、そんなことを思ってた。『夢の世界に行けるんだよ』って言われても、それが逆に怖くて。みんなと離れ離れになっちゃうって」

「……この年は、私は、夏休みの宿題が終わらなかったせいで」

奈保子が独り言のように呟《つぶや》いていた。何かしら行けなかった理由があるようだった。

その間に、真弓は数字の入力を終えていた。そして改めて数字の間違いがないか確認してから、『実行』をタップした。

『パスワードが違います　4／6』

見慣れた文字。減った数字。

「これも違うの？　どういうことよ？」

困惑を露《あら》わに、真弓が声を裏返らせていた。

「真弓さん、少し落ち着かれてはどうですか？　他の人とも話し合ったり……」

「うるさいわね！　こっちは考え事をしてるのよ！」

杠葉が声を掛けても、真弓に対しては意味をなさない。むしろ、もはや誰の声も届かないのかもしれない。

「次は、これね……。私たちの結婚一〇周年」

『20110322』――『パスワードが違います　3／6』

「だったら……これか。美弥の一〇歳の誕生日」

『20110830』――『パスワードが違います　2／6』

「……どういうことよ。まさか衛司さんは、私たちのことを家族だと思ってなかったって言うの？　どこかに不倫相手を隠してたの？　そっちが本当の家族なの？」

これまでの興奮状態が一変して、真弓は弱々しい声を絞り出し、泣き始めた。

「……これが、最後」

　真弓は、顔がぐしゃぐしゃになりながら、写真を確認して日付を入力した。

『20210830』──

「……私の、成人記念だ──」

　美弥が、消え入りそうな声で呟いた。

「中学、高校って、あんまりお父さんと仲良くなかったからなぁ……。一〇年間も開いちゃってる。……もったいないことしちゃったな」

　そんな美弥の横で、真弓は数字の入力を終え、震える指で『実行』をタップした。

『パスワードが違います　1／6』

　真弓の手から一気に力が抜け、スマホが音を立ててテーブルに落ちた。蓮里が慌ててスマホを押さえようとすると、それより先に、女性の手がスマホを握っていた。

「ようやく、私の番ね──」

　奈保子が、衛司のスマホを持ち上げながら、微笑んでいた。

「私を一緒に行かせないようにしていたくせに、そんなものが『家族旅行』になるわけないでしょう。再婚してからずっと、私を邪魔者にして、排除しようとして」

「そ、そんなことは……」

　美弥が首を振って反論しようとしたが、奈保子は一瞥《いちべつ》すらしない。

「私たち家族がみんな一緒に舞浜に行けたのは、あのときだけ……」

奈保子は、大切な思い出を胸にしまおうとするかのように、衛司のスマホを抱き寄せていた。

「……何が旅行よ。舞浜駅のホームに降りただけのくせに」

真弓が反論する。だが、それはもはや負け惜しみにしか聞こえない。

「それでも、私たちは楽しかった。今度はちゃんと、みんなで中までいって遊ぼうって約束もしていた。……お母さんが亡くなって、それはもうできなくなったけれど、それでも、あのときの家族旅行は、私たちにとって大切な思い出になっているの」

奈保子は、完全に自己陶酔しているようだった。

それは、まるでシンデレラ。

ガラスの靴を履くため、つま先やかかとを切り落としている義姉たちを見ても黙って眺めているような、本当は怖いシンデレラだ。

「家族みんなが揃って、舞浜に行った日——お父さんとお母さんの結婚記念日」

勝ちを確信したような微笑みを浮かべながら、奈保子は八桁《けた》の数字を入力した。

『19991123』

奈保子は、その数字を何度も何度も確認するようにジッと見つめ、そして、一つ深呼吸をしてから、実行をタップした。

これでロックが解除される——きっと誰もがそう思っていた。

『パスワードが違います　0／6』

見慣れた文字。

そして続いて、見慣れない文字が表示された――

『当アプリ内のデータは、俺が墓の中まで持っていきます』

「ひっ⁉」

赤色で映し出された文章に、奈保子は短い悲鳴を上げながら、スマホを弾《はじ》くように落としてしまっていた。

床を転がったスマホが、テーブルの脚に当たり、画面を上にして止まった。

画面上では、紙に墨を塗りたくっていくアニメーションが表示されていた。次々と黒塗りになっていく紙。データが上書きされて、消されていっているのだ。

「……どういうこと？　だって、この日は、私たち家族みんなで舞浜に行ったのに」

奈保子はよほど自信があったようで、何度も「嘘よ」「どうして」と繰り返す。

「やっぱり、あの話は『舞浜』に行ったっていうわけじゃないみたいね！　あなただけが、楽しい思い出として美化していただけなのよ」

それまで意気消沈していた真弓が、息を吹き返したように奈保子を煽《あお》っていた。ここで奈保子をバカにしたところで、自分の立場は何も好転しないのに。

「違う！　お父さんも、あれを舞浜に行った思い出にしてたもの。私にこの話をしてくれたときに言ってたもの。『また一緒に、みんなで舞浜に遊びに行こうな』って。なのに、どうして……」

そんな奈保子の話を聞いて、蓮里はふと思ったことがあった。

こんなことを指摘したら、きっと怒られるだろう。

だけど、もしこれが事実なら、伝えなければいけないと思った。

誰でもない、依頼者である衛司のために。

そのためだったら、自分が怒られることくらい、甘受しよう。

「あの、奈保子さんがご両親と舞浜に行ったときには、後妻である真弓さんも、生まれていない美弥さんも、一緒には行っていないですよね。だから、家族が欠けていたんじゃないでしょうか。それは、『家族旅行』とは言えないんじゃないでしょうか」

「……はあ？」

奈保子は困惑したように、蓮里を睨《にら》みつけてきた。

蓮里は思わず視線を逸《そ》らしてしまいながら、それでも言葉は向け続ける。

「その、衛司さんにとっては、小毬さんや奈保子さんはもちろん、真弓さんも美弥さんも、大切な家族だったと思うんです――」

少なくとも、蓮里はそう感じた。

半年前、家族について話をする衛司は、ずっと楽しそうで、嬉《うれ》しそうで。

特に、二人の娘について話していたときは、本当に幸せそうだったのだ。

「だから、真弓さんと美弥さんとだけ一緒に行って、奈保子さんが一緒に居なかったのは『家族旅行』ではない。よって、真弓さんが入力したパスワードは間違っていた。その一方で、小毬さんと奈保子さんとだけ一緒に行って、真弓さんと美弥さんが一緒に居なかったものも『家族旅行』ではない。よって、奈保子さんが入力したパスワードも、間違いだった」

「そんなの、あのときはこの二人と知り合ってもいなかったんだから、全員が揃った『家族旅行』なんてできるわけないじゃない」

「その当時はそうでしょう。ですが、知り合ってからも、再婚してからも、美弥さんが生まれてからも、みなさんは『家族旅行』には行かなかった。……恐らく、それが衛司さんにとって、非常に心残りだったんじゃないでしょうか」

衛司が言ったという、「また一緒に、みんなで舞浜に遊びに行こうな」という言葉。

その言葉はあまりに曖昧《あいまい》で、真意を理解することが難しすぎる。

「私も、それが衛司さんの真意なのだと思います――」

杠葉が、いつも通りに飄々《ひょうひょう》とした様子で言った。

「パスワードの答えは、恐らく、『何も入力しないまま実行を押す』こと。なぜなら、質問にあるような日は、存在していないから」

「そ、そんな答えが？」

「私も想像でしかありませんが、皆さんの話を聞いていたら、それ以外にはないと思いました。というか、舞浜に行くたびに、いつも家族の誰かが欠けているんですから、それを『家族旅行』だなんて言ったら、行けなかった人の面子《メンツ》を傷つけることになるに決まっているではないですか。奈保子さんを省いていた真弓さんたちの旅行については言うまでもなく、新しい奥さんと子供が居ながら、昔の奥さんとの旅行だけを『家族旅行』だなんて言ってしまったら、言われる方の気分はどうなります？」

「……そ、それは」

奈保子は言葉に窮して、俯《うつむ》いた。

「衛司さんは、別に言葉遊びをしたかったわけではない。『真の家族とは』みたいな哲学をやろうとしたわけでもない。ただ、『みんな揃った家族旅行ができなかった』ことを悔やんでいた、ということなのだと思います」

「……そんなの、でも、だったら――」

奈保子が、声を詰まらせながら言う。

「生きてるうちに、そう話してくれれば良かったのに」

「そうですよ。本当に、そうなんですよ――」

杠葉は、どこか怒ったように声音を鋭くしていた。

「こんなこと、生前に話し合っておけばいいことです。なのに遺言なんかで伝えようとするから、伝わりにくいし、変なすれ違いが生じるのです。遺言なんて一方通行でしかないんですから、こんな方法は使わないに越したことはないんです」

そう語る杠葉は、怒っているようでいて、だけどどこか悲しげにも見えた。

確かに、生前にしっかり話し合っていれば、遺言なんて必要ない。

それは極論かもしれないけれど、理想でもある。

ただ、そう言われた当事者からしたら、煽られているようにしか聞こえないだろう。

現に、真弓は眉間《みけん》の皺《しわ》を深くしながら、

「あなたも弁護士なら、最初からそう言ってくれればいいでしょ！　せっかくのデータが……ネット証券も暗号資産も、全部消えてしまったのよ！　損害賠償ものだわ！」

「損害賠償？　私はパスワードについてはノータッチですよ。あなたたちが、故人の真意を慮《おもんぱか》ることなく次々と間違ったパスワードを入力したから、こうなったのです。それとも真弓さん、そして奈保子さんも、あのとき私が『待て』と言ったら、待っていたのですか？」

「当たり前じゃないの」

「当然です」

真弓と奈保子は同時に頷《うなず》き、声が重なった。お互い、視線の行方が揺れている。

これまでの実際の言動を見ていれば、嘘なのは明らかだった。少なくとも真弓は、まるで暴走したように止まることなく、次々とパスワードを打ち込んでいたのだから。

杠葉もそれが判っているのだろう、真弓と奈保子の反論など歯牙《しが》にもかけず、この場を締めくくるように言い捨てた。

「遺産を早い者勝ちで奪おうとするから、こんなことになるんですよ。もっと、衛司さんが遺《のこ》してくれたものを大切にしていれば、こんなことにはならないはずだった。相続人同士で仲良く話し合う時間なんて、いくらでもあったのに――」

――いくらでもあるのに。

杠葉は消え入りそうな声で呟《つぶや》きながら、衛司のスマホを睨みつけるように見つめる。

「何より、衛司さんが生きている間こそ、もっとたくさんの時間があったはずなのに」

苦々しく、渾身《こんしん》の力を込めたかのように、吐き捨てた。

重苦しい空気が、場を包む。

すると、杠葉は聞こえよがしに鼻を鳴らした。

「みんなそうしてくれれば、私も面倒な相続案件なんてやらなくて済む。弁護士なんていう人の不幸で金を稼ぐ仕事は、もっと暇であるべきだ。そうだろう緒本くん？」

「え？　えぇ、はい！」

急に話を振られた蓮里は、慌てて声を裏返らせながら返事をした。

だけど、本当にそうだと思う。

弁護士の仕事が無くなって、みんな法律の争いもなく生活していけたなら、それに越したことは無い。

実に杠葉らしい言葉。

みんな、自然と天井を見上げていた。視線を合わせづらい、顔を合わせづらい、そんな思いもあるだろうけれど。

それ以上に、この空の向こう、衛司のことを思っているのかもしれない。

彼女たちの真意は判らないけれど、蓮里は、せめて今だけはそうであってほしいと思った——きっとそうだと思うようにした。

すると、ふと誰かの鼻をすするような音が聞こえてきた。

誰のものかを確認するのは、野暮だろう。

蓮里は敢《あ》えて目を逸らすように、俯くように床を見つめた。

床に転がったままになっている、衛司のスマホ。

その画面には、『墓の中まで』のアプリアイコンだけが、ポツンと残されていた。

鍵《かぎ》付き日記帳のイラストが、固く鍵を掛けられたまま。

2

後日——立夏を待たずに真夏日となったある日のこと。

フル稼働するエアコンの騒音に紛れるかのように、ゆずりは相続法律事務所のドアが、そっと開けられていた。

普通なら鳴るはずのカウベルもまったく鳴らず、静かに、一つの人影が事務所に入り込んでくる。

「……あの」

「んっ⁉」

ふいに室内から女性の声がして、蓮里は危うく椅子から落ちそうになった。

杠葉は、卓上にあった分厚い六法全書を摑《つか》み上げて、すぐにも投げつけられるような体勢になっている。

ただでさえ勝敗によって恨まれることの多い弁護士という職業だが、ことに杠葉は、その中でも脱法的な解決を図ることが多い。必然、他の弁護士よりも恨まれる度合いは高く、事務所の襲撃に対しても敏感になっているのだ。

でも、それは武器じゃないですってば。

弁護士の武器は六法全書だけど、そうじゃないんですってば。

「ええと、突然すみません……」

声の主は、少し戸惑ったように、小さな声を絞り出していた。

それは意外すぎる客だった。御厨衛司の次女・美弥が、カウンター越しにいた。

「美弥さん？　……ええと、今日は、どうされましたか？」

蓮里はすぐに今日のスケジュールを思い浮かべながら、特に予定は入っていなかったはずだと訝《いぶか》しんだ。

そもそも、あのときの相続問題の結末から言えば、美弥は『敗者』と言えなくもない。実際は逆恨みではあるけれど、「杠葉が丁寧に説明しなかったせいで、デジタル遺品が消去された」という主張をされたら、一理はあるだろう。

訴えられてもこちらが勝てるかもしれないけれど、悪評をバラまかれてしまったら、否定しきれないかもしれない。

「今日は、先日のお礼に参りました」

それを聞いて、ふと蓮里の脳裏に『お礼参り』という言葉が浮かんできてしまった。

つまり、『復讐《ふくしゅう》』の隠語だ。

この言葉を聞いて警戒を強めたのか、杠葉は六法全書を両手に一冊ずつ摑んでいた。『公法・刑事法・条約』と『民事法・社会法・産業法』の二分冊、どちらか一冊だけでも広辞苑《こうじえん》並みの破壊力だ。

六法全書の使い方が間違っている……いろんな意味で。

蓮里も、念のため警戒をして、カウンターから少し距離を置きつつ、話を進める。

「……何か、私たちの仕事に問題があったでしょうか？」

思わず弱気になって、そんなことを聞いていた。

「問題？　どういうことでしょう？」

美弥は困惑したように小首を傾げる。

「今日は、竜胆先生にご報告したいことと、それについてのお礼を伝えるために、訪ねてきたのですが」

「ご報告、ですか」

そう聞くと、つい芸能人のような結婚報告を思い浮かべてしまったのだが、違った。

「実は私、先日ミクリ屋を退社しまして、新会社を設立したんです」

「……え？」

あまりに予想外の話が出てきて、蓮里は声を裏返らせていた。

一方、杠葉は何やら察したようだ。

「ああ、なるほど。やはり、あなたがデジタル遺品の相続人となったのですね」

さっきまで両手に六法全書を摑んでひょうきんな格好をしていたのに、一瞬で凜《りん》とした立ち居振る舞いになっていた。

「はい、お陰さまで――」

美弥は、嬉《うれ》しそうに声を弾ませながら頷いた。

「竜胆先生がおっしゃった、『父が遺したものを大切にしていれば』という言葉を聞いて、気付いたんです」

「ええと、何にですか？」

蓮里は堪《こら》えきれなくなって、聞いていた。

すると、美弥はバッグの中から、スマホを取り出した。

蓮里にも見覚えのある物――衛司のスマホだ。

そして、美弥はスマホの電源を入れて、ロックを解除した。その画面には、やはり見覚えのあるものが映し出されていた。

鍵付き日記帳のイラスト――終活アプリ『墓の中まで』のアイコンだ。

衛司のスマホに保存されていた、大切なデータを消去したアプリ。それは、御厨の相続人たちにとってみれば仇敵《きゅうてき》のような存在になっているはずなのに。

「美弥さん、そのアプリは消去していないんですね」

蓮里が聞くと、美弥は一瞬驚いたような顔をしてから、意味深長な笑みを浮かべた。

「消すわけがありません。だって、これこそが、父が私たちに遺《のこ》してくれた『デジタル遺品』なんですから」

「……え」

最初、美弥の言っている意味が解らなかった。だけど改めて考えてみたら、すぐに理解した。むしろ、どうして今まで気付けなかったのかと思うくらい単純な話だ。

その答えを、こちらも意味深長な笑みを浮かべている杠葉が言った。

「衛司さんが作った、この独自の終活アプリ『墓の中まで』こそが、このスマホに保存されている『デジタル遺品』なんだよ。それこそ、三〇〇〇万円の価値が——いっそ億を超える価値すら見込めるほどのね」

「……ぁぁ」

息とも声ともつかない音が、蓮里の口から漏れた。

「プライバシーの保護にも配慮したデータ管理アプリ。とりわけ、死後のデータ管理について需要が高まっていることは、蓮里くんも知っているだろう？」

蓮里は声を絞り出すように、「はい」と頷《うなず》いた。

知っていたけれど、気付けなかった。

このスマホには、ネット証券だとか暗号資産だとか、一目で判りやすい『財産』となるデータがあったために、そちらにばかり気を取られていた。

それを管理するための『システム』のデータにこそ価値があるということに、考えが至らなかったのだ。

「ちなみに、スマホ内に入っていたというネット証券や暗号資産の情報については、ちゃんとアナログな別紙で、ＩＤなどが記入されて保管されている」

「はい。そちらもちゃんと確認いたしました。そもそも、デジタルな人間ほど、いざというときのアナログの備えは持っておくものですので」

「とはいえ、あそこに保管されていた財産は、ほとんどが『含み損』のあるようなマイナスの財産だけだったはずです」

「そうですね。ですが、そのお陰で、母も奈保子お姉ちゃんも『要らない』と言ってくれましたし、相続税対策もできました。晴れて私がスマホの相続人になれたんです」

「やはり、話し合いは大事ですね」

「そうですね」

杠葉と美弥は、矢継ぎ早に、息ピッタリに説明をしてきた。

「え？　じゃあ、新会社というのも……」

蓮里の疑問に、美弥は頷いて、嬉しさを隠し切れないように表情を緩ませる。

「今、私は父の遺してくれたデータを解析しながら、このアプリで鍵《かぎ》を掛けたデータフォルダを、メールやSNSなどに添付できるように改良しているんです。そうすることで、たとえば芸能人が、SNSを介してファンの方々に向けて会員向けのメッセージを配信したり、動画配信で個人的なチャットを交わしたり、あとは遊びとして、『このデータは確認後に消去される』っていうスパイごっこもできたりするようになるんですよ」

「……なるほど」

正直、スパイごっこはよく解らないけれど、それでも、『墓の中まで』の活用法は、死後のデータ管理に止《とど》まらず、まだまだ広がっていくのだと実感できた。

それこそ、かつて衛司が熱く語っていたように、『活用方法次第では億だって超えるかもしれないです』というのも、夢物語ではないのかもしれない……。

そのとき、ふいに蓮里の胸に込み上げてくるものがあった。

蓮里は、この美弥の顔と同じものを、半年前にここで見ていた。それを思い出した。

この顔は、『墓の中まで』について熱く語っていた、衛司の顔と同じだ。

それが、半年の時を経て――衛司が亡くなって――

今度は彼の娘が、同じ物に対して同じ熱意を――それ以上の熱意を持って、子供のように目を輝かせながら語っている。

……ちゃんと、衛司さんが遺したものは、伝わっていたんだ。

「私、父と一緒に仕事をするのが夢だったんです。反抗期が挟まったりしましたけど、夢は変わらず。ただ、私の入社と入れ替わる感じで、父は入院してしまって――」

そう語る美弥の瞳《ひとみ》は、光を受けてゆらゆらと揺らめいて見えた。

それは、かつて衛司も幸せそうに語っていたことで。

「できることなら、奈保子お姉ちゃんとも協力して、もっと大きい会社にするぞー、なんて思ってたりもしたんですけど……。私はお姉ちゃんとも仲良くしたかったんですけど、お姉ちゃんは、うちの母親のことが大嫌いなので、結果的に、私もあまり仲良くなれなくて……。あのとき竜胆先生が言っていたように、私たちのことを『家族』って思ってなかったのかな、って思ったら、私もけっこう傷付いちゃったりして」

美弥は、困ったように、寂しそうに、苦笑した。

「幼いころ、美弥さんがディズニーランドで渋い顔ばかりしていたのも、それが理由なんですね」

杠葉が、確認するように言った。

「はい。いつも、お姉ちゃんは理由を付けて家族旅行には来られなくて。きっと、うちの母が強引に理由を押し付けて、来させないようにしたものもあるんだと思います」

言われてみると、先日の美弥は、ディズニーランドの写真を見るたびに、奈保子が一緒に居ないのを寂しがっていたようにも思う。

「以前、衛司さんが話していたことでもあるのですが、奈保子さんは今、ミクリ屋を引き継いでいるんですか？」

「はい。と言っても、実質的には、交際中の課長さんがいろんな実務を任されているようですけど……というか、年内には結婚する予定みたいです。あの方はとても有能なので、ミクリ屋が今後も衰えることはないでしょうし、いいライバルになれるんじゃないかと思っています」

「それだと、お二人が破局したら会社も危ないのでは？」

「それはないと思います――」

美弥は即答で断言する。

「傍《はた》から見ていてもお似合いですし、何より、お姉ちゃんも課長さんも、ちゃっかり計算高い性格をしていますので。みすみすあの地位を失うようなことはしないですよ」

笑いながら言う美弥に、つられて蓮里たちも頬を緩めていた。

そんな奈保子たちを出し抜いた人が言うセリフではないだろうけれど。

「それでは、突然訪問しておいて不躾《ぶしつけ》ですが、ここでお暇《いとま》させていただきます。会社設立の直後で、まだいろいろ作業が残っていますので。あ、遅ればせながら、これはつまらないものですが、皆さんでご賞味ください――」

美弥は、カウンター越しにケーキの箱を渡してきた。

「会社設立に合わせて作った特注ケーキを、皆さんにもと思いまして。私たちのアプリ名にちなんで、お墓形です。赤いベリーソースをかけてお召し上がりください」

「あ、ありがとうございます……」

その気持ちは嬉《うれ》しいのだけど、そのセンスはどうかと思う。

「不躾ついでに、一つだけ。もし、相続相談をされている際に、弊社のアプリが必要なお客様がいらっしゃいましたら、気兼ねなくお声掛けください。きっと……いえ必ず、役に立つと思いますので」

「是非とも。とても便利なアプリになるだろうと、期待していますよ——」

杠葉は、柔和に微笑みかける。

「ただ、アプリの利用者に対しては、事前に説教が必要になるかもしれませんが」

「それは、そうですね——」

美弥は困ったように笑って、だけどすぐに、視線を真剣なものにした。

「死んでからのメッセージを遺《のこ》すんじゃなくて、生きているうちに伝えなきゃいけないことは無い？　……って。私たちの失敗談も含めて、延々と話して聞かせたいです」

「では、アプリを開くたびに、警告文でも出しますか？」

杠葉の冗談めかした提案に、

「それは使いづらくなるのでダメです」

美弥は合理的にダメ出ししていた。

「それでは、また」

改めて、笑顔で挨拶《あいさつ》を交わすと、美弥はくるりと身を翻す。

ゆずりは相続法律事務所のカウベルが、弾むように賑《にぎ》やかに鳴った。

第三話　消えた相続人

1

うららかな春の日の、昼下がり。

今日のゆずりは相続法律事務所は、電話もなく、面談の予約もなく、珍しく静かな時間を過ごしていた。

対照的に、事務所のある天王洲アイルの複合ビルは、ランチを食べに行く人たち、あるいは早めの昼休みを終えた人たちの声が、騒がしく響いている。

そんな喧騒《けんそう》をBGMにして、蓮里も昼休憩に入る。形式的には、午後〇時三〇分から一時間の休憩時間が設けられているけれど、この事務所は昼休憩時の法律相談も受け入れている――むしろ日中働いている人からしたら、その時間しか空いていないこともあるため、予約が入っていることも多い。

そのため、外に食べに行くようなことはできないし、そもそも決まった時間に休めるとも限らないのだ。

「今日はこのまま、新しい仕事は来ないかもしれないね。まぁ、仕事が無いのは良いことだ。弁護士なんて、人の不幸で金を稼いでいるようなものだから」

　と杠葉が言った。強がりなのか皮肉なのか、その表情からは読み取れない。

「社会的には、法律問題や紛争が無い方が良いのはその通りだけど……その通りなんだけど、個人的には、それで収入が無いのは困るのだ。

　蓮里は溜息《ためいき》交じりに苦笑しながら、事務スペースの片隅にある冷蔵庫から、おにぎりとサラダを取り出した。朝の通勤時に買っておいた物だ。これにインスタントのカップスープを付けるのが、蓮里のお決まりの昼食になっている。

　最初の頃はカップラーメンを食べたりもしていたけれど、お湯を入れた直後に飛び込みの客が来たことがあって、諦《あきら》めた。重苦しくて胃が痛くなるような法律相談を終えた後に、汁を吸いきって重くなった麺《めん》を胃に入れるのは、心身ともに負担が大きすぎた。

「蓮里くんは、今日もいつものメニューか。法律家っていうのは身体と頭脳が資本なんだから、常に万全な状態をキープできるようにしておかないとダメじゃないか」

　杠葉は呆《あき》れたように言いながら、手を休めることなくパソコンの作業を続けていた。

「そういう杠葉さんこそ、そうやって作業が続いていると、ほとんど食事をとらないじゃないですか」

「大丈夫だ。ちゃんと甘い物を食べているから、摂取カロリーに問題は無い」

　そう言って、マドレーヌやら大福やらを見せてくる杠葉。

「それ、別の意味で心配ですよ」

むしろ、よく太らないものだ。

……それだけ、杠葉さんの脳がエネルギーを消費してるのかもしれないけれど。

前に聞いたことがある。将棋の棋士は、タイトル戦でおやつを頼んだり、甘いもの好きの人が多い。それほどまでに、頭を使う人は糖分を補給しないといけないのだとか。

そういう意味では、杠葉の食生活も理に適っている……かもしれない。

そんな杠葉を横目に、蓮里はポタージュスープの素《もと》をカップに入れて、お湯を注ぐ。

改めて自分の食生活を省みると、蓮里は、杠葉に何か忠告できるようなほどでもないのだ。

ただ、仕事の忙しい独身は、みんなこんな生活を繰り返しているんだろうと思う。

いつもの昼休憩。いつもの二人。

ふいに、そんな平穏を打ち破るような音が響き渡った。

入口のドアが、まるで体当たりされたかのように大きな音を立てたのだ。

蓮里は肩をビクッと跳ねさせて、手が滑ってしまった。カップが床に落ちていく、と同時に、行き場を失ったお湯も床に注がれていく……。その先には蓮里の足があった。

「いたっあつっ⁉」

カップとスープとお湯を受け止めた足に、痛いのか熱いのかよく判らない刺激が走る。

それでも蓮里は我慢して、入口の方を見た。この事務スペースからは、入口のドアは見えない位置にある。だけど、ガチャガチャとドアノブの音は聞こえていた。まるで来訪者の焦りを表現しているかのように、激しくせわしない。

誰かが入ってこようとしている。もしかしたら、手前に引いて開けるタイプのドアなのに、間違って押しているだけかもしれないけれど……。

この事務所は、来訪者がドアを開けた先には、まず壁がある。その向かって右に通路が延びていて、通路の脇には、来訪者と事務スペースを仕切るようにカウンターが設置されている。来訪者が事務スペースに入るには、そのカウンターを乗り越えるか、いったん通路の奥の応接室を通るしかない構造になっている。

要は、襲撃者対策だ。

弁護士というのは、片方に肩入れをして勝利をするのが仕事であるため、必然的に、もう片方からは恨まれることもある。

ましてや、この杠葉が得意としているのは『脱法的解決』なのだ——通常の法解釈では救えないような人たちを、法に則《のっと》りながら、しかし法の抜け道を活用して、通常ではない特別な解決法を駆使して助けてきた。

この「通常なら救われない人を救う」ということは、逆に言えば、「通常なら利益を得られたはずの人が、利益を失う」ということでもある。

いわば杠葉は、弁護士の中でも格別に、他人から恨まれやすい仕事をしているのだ。

……これまでは冗談とか杞憂《きゆう》とか思っていたけど、まさか本当に、襲撃？

蓮里は、シミが広がりつつあるスーツを適当に払いながら、警戒するように入口の方を注視する。

ふと杠葉の様子が気になって見てみると、どこから出してきたのか、ゴルフクラブを後ろ手に隠し持っていた。

「……とりあえず、それの出番が無いことを祈ってます」

蓮里は、敢《あ》えて冗談めかして言ってから、受付のカウンターに歩み寄っていった。

と同時に、事務所のドアが勢いよく引かれ、カウベルが激しく打ち鳴らされた。

「あ、あの！」

まだ姿も見えないうちから、女性の声が響く。

「私の、甥《おい》の文彦《ふみひこ》くんが、行方不明なんです。……竜胆さん、どうか彼を、捜し出してください！」

裏返るほどの、悲痛な叫びだった。

女性はかなり焦っているのか、足元が覚束《おぼつか》ないままカウンターに倒れ込むように寄ってきて、息を切らしながら改めて「文彦くんを見つけてください！」と叫んだ。

年齢は、三〇代の後半だろうか。顔も手も色白で、全体的に細く、あまり外を出歩くようなことはしていないのかもしれない、と蓮里は想像した。

彼女の懸命な声と表情に、蓮里は思わず、胸が締め付けられるように痛む。彼女が本気で文彦という男性のことを思っているのだということが、ひしひしと伝わってきた。

そのことは伝わってきたのだけど……。

「あの、まずは、ええと、とりあえず落ち着いてください――」

そう言う蓮里まで、釣られて声が上ずってしまっていた。空咳《からせき》をして誤魔化しつつ、

「ええと、あなたは今日、弁護士への依頼あるいは法律相談、ということで来られたのでしょうか？」

蓮里は、『弁護士』や『法律』の部分を強調するように言った。

『ゆずりは相続法律事務所』は、その名称にある通り、法律事務所だ。

言うまでもないが、探偵事務所ではない。

弁護士の事務所は、『法律事務所』という名称を付けなければならない。そのように弁護士法で定められている。

逆に、弁護士がいないのに『法律事務所』を名乗ってしまうと、処罰される。

世間には、『法律事務所』ではなく『法務事務所』を名乗っている所があるけれど、これは別にニセモノというわけではなく、司法書士や行政書士などの事務所だということになる。

改めて言うが、ゆずりは相続法律事務所は、弁護士の事務所だ。

探偵事務所ではない……そのはずなのに。

「もちろんそうです。竜胆弁護士に依頼をするために、ここまで来たに決まってるじゃないですか」

女性は、なぜそんなことを聞くのかとでも言いたげに、怪訝《けげん》そうな表情をした。

この事務所は様々な人が訪ねてくるので、「決まってる」わけではないけれど……。

蓮里は心の中で愚痴をこぼしながら、平静を装って話を進める。

「ということは、当事務所が相続関係を専門にしていることも、ご存じなんですね？」

「当たり前です。葉月《はづき》お姉ちゃんが亡くなって、文彦くんが唯一の相続人になるからって、それを教えてあげたいのに、文彦くんは行方不明になってるんですよ？　だから、竜胆さんに捜索をしてほしいから、ここに来たんじゃないですか」

「なるほど……」

そう呟《つぶや》きながら、蓮里は頭を抱えたくなる。

女性の話は、まったく纏《まと》まっていなかった。情報が断片的な上に、ちゃんとした説明がないまま「もちろん」とか「決まっている」とか言っていて、結論まで一気に飛んでいってしまう。

急に「葉月お姉ちゃん」なる人物が登場してきた上に、彼女は既に亡くなっていて、相続が発生しているようだった。そして、文彦が唯一の相続人になっているところ、その文彦が行方不明なのだと。

文彦は、この女性の甥と言っていたから、「葉月お姉ちゃん」というのは、文彦の母親ということか……。

この女性は、言いたいことや感情が先走っているのか、必要な情報を順序立てて説明できなくなってしまっているようだった。

ただ、このようにとりとめなく話す相手からも、必要な情報を引き出していくことが、法律相談をする上では必須《ひっす》となる。

　こういう場合、纏めてから話してもらうように促したりすると、今度は順番通りに話そうとするあまり、必要な情報を話し忘れてしまった、なんていうこともありうる。

　これは、じっくり腰を据えて話をしないといけなくなりそうだ。

　そう思いながら、蓮里は応接室をちらりと見る。すると、その視界を遮るかのように、杠葉が蓮里の隣に立った。

「当事務所の法律相談は、初回であっても無料ではありません。三〇分ごとに……」

「お金なんてどうでもいいんです！」

　女性は、杠葉の説明を遮るように叫ぶと、

「お金はいくらかかっても構いません。ただ、文彦くんを捜し出すことさえできれば」

　その異様なまでの熱意に、蓮里は思わず杠葉に視線を送っていた。杠葉は、そんな蓮里を一瞥《いちべつ》することもなく、まっすぐ女性を見つめている。

「解りました。とはいえ、相談料については事前に通知して、納得してもらわないといけませんので――」

　杠葉は淡々と、まさに事務的に説明をする。

「ベースは、三〇分ごとに税込み五五〇〇円ですが、相談内容の複雑さ・特殊性によっては、三〇分ごとに一六五〇〇円を上限として、値上がりする場合もございます。その点は、こちらが特殊な返答をするようになるタイミングで、値上がりのご案内もさせていただきますのでご安心ください」

「要するに、『もっと大切な話を聞きたかったら課金して』ということですね？」

「そういうことです」紅葉は皮肉に笑みながら、「その上で、正式な依頼となった場合には、着手金や経費、そして、それなりの成功報酬を請求させていただきます」

「ええ。その噂も聞いていますよ。成功報酬は高額、だけど、顧客満足度は一〇〇％だと。だからこそ、私は竜胆さんにお願いしたいんです」

女性は、まっすぐ紅葉を見返しながら言った。

対する紅葉は、いつものように飄々《ひょうひょう》とした様子で、

「では、あの扉の奥で詳しくお話を伺いましょう」

と応接室へ促した。


「私は、弥生《やよい》と言います。沼黒《ぬまぐろ》弥生です」

女性が自己紹介をする。

そういえば、今まで名前すら聞いていなかった。弥生は開口一番「文彦くんを捜し出してほしい」と言ってきて、その勢いに押されるまま話が進んでしまっていた。

それほどまでに、彼女にとって甥の文彦が大切だということか。

そんなことを思いながら、蓮里は人数分のお茶を配って、紅葉の隣に座った。

「それでは、沼黒さん……」

「あ、あの――」

杠葉が話し始めた直後、弥生は言葉を遮るように言った。

「私のことは、名前の『弥生』で呼んでください。その方が嬉《うれ》しいと言いますか……」

「なるほど。名字で呼ばれるのが苦手なのですね」

自分の名字が苦手、あるいは嫌い、という人は少なからずいる。語呂合《ごろあ》わせでイジメられたり、有名な犯罪者と同姓同名だからという話も、蓮里は聞いたことがあった。

そのような事情から、いっそ名字を変えたいと思う人もいて、現にそのような人たちのために、名字変更の手続が定められている。

現状の名字（氏）のままでは社会生活に支障が出てしまうような『やむを得ない事情』がある場合、家庭裁判所の許可を得て、名字の変更ができる。

この事務所にも、名字や名前を変えたいという相談が何度かあった。

酷《ひど》いものだと、「遺言で名指しされて『金を払え』と言われているけど、そこに書かれている名前とは違う名前になったら、払わなくて済むはずだ」などという、とんでもない話もあった。

もちろん、そんな事情で氏名を変えることはできないし、そもそも、形式的に氏名を変えたところで、請求権が消えて無くなるわけもない。少し考えれば判ることだ。たとえば「結婚して名字が変わったので、借金はチャラです」となるわけがないのだ。

さすがに、今回はそういう名字変更の話ではないだろうけど、『沼』という言葉の印象が良くないとか、『グロ』という響きが良くないとか感じる人もいるのだろう、と蓮里は思った。自分は気にしない――むしろ「格好良い」とすら思えるけど。

するすると弥生は、少し慌てたように、

「あ、いえ、まったく苦手とかいうことはないです。まったく」

と強く否定して、

「その、弥生と呼ばれた方が、嬉しいんです。と言っても、別に沼黒と呼ばれるのが嬉しくないわけではないんですけど。……それに、これから話に出てくる人は、ほぼ全員『沼黒さん』になってしまいますので、混乱してしまいます」

「それはそうですね――」

杠葉は納得したように頷《うなず》いて、話を続けた。

「では改めて、弥生さん。甥《おい》の文彦さんを捜し出してほしい、ということでしたね」

「はい。……ええと、何から話していいのか」

「とりあえず、弥生さんが思ったまま、話し始めていただいて大丈夫です――」

杠葉は、弥生を安堵《あんど》させるようにそう言う。

「法律相談には時間制限がありますが、厳密に時間を計っているわけではないですし、話が進展しなかった時間を算入するつもりもありません。いたずらに相談時間を延ばすことで稼ごうとする弁護士なんて、碌《ろく》なものではないですし」

そう冗談めかして付け加えた。それは、顧客満足度一〇〇%であるこの事務所の矜持《きょうじ》でもある。

……というか、杠葉さんは別のところでガッツリ稼ぎますもんね。

すると弥生は、安堵したように表情を緩めて、改めて話を始める。

「そもそもの発端として、文彦くんの行方が判らなくなったのは、三週間ほど前――三月二三日でした。その約一週間後――二九日に、葉月お姉ちゃんが亡くなりました。夜勤の帰りに、朝の通勤ラッシュ時のホームから転落してしまったんです」

「事故、ですか……」

「そう警察も言っていました。ちょうど転落防止の柵《さく》が無い所で、身体が当たって押し出された可能性も疑われたようですが、その証拠はないようです。ただ、葉月お姉ちゃんは、金銭的にも精神的にも追い込まれていたような感じもあったので、あるいは自分から、という可能性も……」

弥生の声が、詰まるように消えていった。

「ご愁傷さまです」

そう言って頭を下げる杠葉に倣うように、蓮里も頭を下げる。

「いえいえ、そんな……ええと」

弥生は、見るからに困惑した様子で、

「あの、そう声を掛けられたとき、どう答えたらいいのか判らなくて……すみません」

と、苦笑するような表情になって頭を下げた。

「確かに、困惑しますよね」杠葉は軽く微笑みながら、「実際、声をかけている側としても、決まり文句を言っているだけで、どんな返事が来るのかよく判っていませんし。気にする人もそうそういないでしょう――」

いつもながら飄々と、冗談めかした感じで話を流していた。

「今回、弥生さんの姉である葉月さんが亡くなられたことで、相続が発生した。そして、葉月さんには息子の文彦さんがいて、この文彦さんが相続人になる。……そのはずなのに、文彦さんの行方が判らなくなっている、ということですね？」

「そうです。文彦くんが唯一の相続人になるはずなのですが」

「唯一ということは、葉月さんの配偶者は？」

「葉月お姉ちゃんは、シングルマザーだったんです。文彦くんが生まれてすぐに離婚して、葉月お姉ちゃんが文彦くんを引き取って、それからは、完全に縁が切れたはずです。養育費を払うとか払わないとかいう話し合いはしていたようですが、結局、一回も払われないまま逃げられて……。でも、葉月お姉ちゃんは逆に、勝手に遠くに行ってくれて良かった、というようなことも漏らしていました。葉月お姉ちゃんが貯めていた養育資金を勝手にギャンブルに使われていたのが、離婚の原因でしたし」

「なるほど。そのような事情ならば、相続人は息子の文彦さんのみ、ということになりますね。例外として、遺言や、欠格・廃除などの特別な事情がない限り」

「それは大丈夫です。葉月お姉ちゃんは、遺言を残していませんでした。そんな話は聞いていないですし、葉月お姉ちゃんが重要書類を置いている場所にも、そのような書類はありませんでしたし」

弥生は、杠葉の質問に的確に答えた。

「なるほど。解りました。といっても、当事者の話を伺うだけではなく、後で戸籍なども調べておかないと確定はできませんが――」

そう補足しながら、杠葉は話を続ける。

「ただ、今回、その唯一の相続人であるはずの文彦さんが、行方不明なんですよね」

「はい、そうなんです――」

弥生が震える声を漏らす。

「三月二三日、土曜日、文彦くんは、横浜《よこはま》のアパートから忽然《こつぜん》と消えてしまいました」

「忽然と？　ただ音信不通になっているわけではないんですか？」

「はい。母親である葉月お姉ちゃんにも行方を知らせずに、急にいなくなってしまったんです。しかも、外に出かけた形跡が何も無いのに、いつの間にかアパートの部屋から姿を消してしまっていたんです」

「外に出た形跡がない、というのは？」

「はい。実は……」

弥生はどこか苦しそうに唾《つば》を吞《の》み込むと、呼吸を整えるようにしてから話し始めた。

「あの日、文彦くんは、昼過ぎに友達の所へ遊びに行って帰ってくると、そのままずっと家の中に居ました……そのはずでした。ですが、夜になって文彦くんの部屋を覗《のぞ》いてみると、文彦くんの姿はどこにもなかった、ということです。その数時間の間に、姿を消してしまったんです」

そんな弥生の説明に、蓮里と杠葉は顔を見合わせていた。

にわかには信じがたい。ただ、それが本当なら事件に巻き込まれたとしか思えない。とは言え少なくとも、現状でそれを鵜呑《うの》みにすることはできなかった。

「弥生さん。数時間というのは、具体的に、何時から何時までのことか判りますか？」

「はい。ちゃんと確認しています──」弥生は力強く頷いて、「文彦くんが帰ってきたのが午後四時二七分、そして、部屋から居なくなっていることに気付いたのが午後七時三〇分でした」

「約三時間ですか。その間、文彦さんはアパートから出た形跡がなかった、と」

「はい。文彦くんが住んでいたのは、アパートの三階の部屋なのですが、窓にはベランダも無く、すぐ隣を川が流れているので、窓からの出入りは不可能です。唯一の出入口は玄関のドアだけですが、そこから文彦くんが出ていった形跡がまったくないのです」

「まったく、ですか」──杠葉が確認するように聞いた。

「はい。誰も、文彦くんが出ていったことに気付きませんでしたし、出ていったところを目撃してもいませんでした。同じアパートの住人で、当時自室に居た人たちに話を聞いても、同じ答えでした」

「なるほど。複数人の証言があるわけですね。にもかかわらず、文彦さんは居なくなってしまっていた、と」

「はい、そうです」

弥生は、改めて力強く頷いていた。

「その間に、沼黒さんの家を訪ねた人も居なかったのでしょうか？」

「はい。……あ、ですが一度だけ、日没後――午後七時ちょうどくらいに、冷蔵庫か何かの誤配送があって、玄関のドアが開いたことはありました。ですが、目撃者からはちょうど冷蔵庫の大きな段ボール箱が邪魔になっていて、その応対をしたのが文彦くんなのか、それとも葉月お姉ちゃんなのかは、判らないです」

「……ふむ、なるほど」

杠葉は、何やら考えあぐねるように、黙り込んだ。

一方の蓮里は、話を聞きながらメモを取っていた。

『横浜のアパート　母子の二人暮らし』『午後四時二七分～午後七時三〇分　失踪《しっそう》』『目撃者なし』『冷蔵庫の誤配送　玄関先に冷蔵庫　誰が応対したか不明』

そんなメモを見ながら、蓮里は少し場違いなことを考えていた。

……まるで、『人間消失』トリックみたいだ。

密室状態や衆人環視の状態から、忽然と人間が居なくなってしまう――

小説の世界では、秘密の抜け道だとか、人間の心理的な思い込みからくる死角だとか、あるいは、居なくなったと思わせておいて隠れていただけだったとか、様々なトリックが使われる。そしてそれを、名探偵と呼ばれるようなキャラクターが解決していく。

もしかしたら、今回の件も、そういうトリックが使われているのかもしれない。

そんなことを考えていると、杠葉は淡々と話を進めていた。

「弥生さん。今回の件ですが、もし文彦さんが何らかの事件に巻き込まれていそうなら、警察に連絡を……」

「もちろんしました——」杠葉の声を遮るように弥生が言う。「でも、きっと友達と出かけただけだろうとか、高校の卒業にあわせて旅行に行っただけだろうとか、とにかく『これは事件じゃない』と決めつけるかのように、いろんな可能性を出してくるだけで何もしてくれませんでした。警察は、事件にならないと動けないとか言うくせに、事件にしないようにいろいろ言ってくるような感じなんです……」

弥生の声が、消え入るように小さくなった。

「そこで、その行方不明の文彦さんを、弁護士である私に捜索してほしい、と？」

「はい。よろしくお願いします」

弥生は即座に頭を深く下げてきた。

蓮里は思わず杠葉と顔を見合わせていた。

まだ依頼を受けるかどうかも言っていないのに、気が急《せ》いているというか、勇み足になっているというか。全体的に、思い込みが激しいようにも見えた。

すると杠葉は、対照的にゆっくりと、基本的な話を始めた。

「そもそも、人捜しをしてもらうならば、探偵に依頼することもできますし、むしろ探偵の方が得意分野とも言えるでしょう。にもかかわらず、弥生さんは、どうして弁護士に依頼をしようと思ったのでしょうか？」

それは蓮里も気になっていた。というか、そもそも行方不明者の捜索というものは、弁護士の業務に含まれるのだろうか。何か弁護士としての権限が活用できるのなら、依頼する意味もあるのかもしれないけど……。

「実は、以前、探偵に依頼したことがあるんです。二週間前、お姉ちゃんが亡くなってすぐのことなのですが……。その探偵が、調査に失敗してしまったんです」

「失敗、ですか？」

「はい。その探偵は、文彦くんの行方をあと一歩のところまで突き止めていたんです。文彦くんは、友人宅を転々としていたそうなんですが、あるとき、その探偵が逆に文彦くんに見つかってしまって、『あいつはストーカーだ！　これ以上付きまとうなら警察を呼ぶぞ！』って叫ばれたために、慌てて逃げてきたそうなんです」

その話を聞いて、蓮里は思わず「えぇ……」と声を漏らしてしまった。どうしてそんなことになってしまうのか。

杠葉は、そんな蓮里を一瞥《いちべつ》しながら小さく肩をすくめると、

「そもそも、日本においては、探偵という職業に資格は不要です。かといって、誰もが

好き勝手に尾行や張込みなどをしていいわけでもありません。探偵業の届出をすることで、正当な手続・手段に則《のっと》って、一定の探偵行為をすることが容認されることになります。尾行も張込みも、客観的に見たらストーカーとやってることは同じですからね」

「それは確かに」と蓮里も思わず頷《うなず》いた。

「言うまでも無いですが、探偵の業務として適法だったとしても、秘密裏に調査をしている相手に対して『私は探偵です。適法な業務として、あなたの調査をしています』などと暴露するわけにもいきませんからね」

「それで、調査の失敗ですか……」

蓮里は、同情するように弥生を見つめた。

「はい。こうなってしまった以上、また探偵を雇うのも怖いですし、まして、私自身が文彦くんの周囲をうろちょろしたら、私まで怪しまれそうで怖くて……」

溜息《ためいき》交じりに弥生は言った。

「まぁ、ストーカーが忍び寄ってきていると思ったら、猜疑心《さいぎしん》も募るでしょうね」

すると弥生は、さらにあからさまに大きな溜息を吐いて、

「最低ですよね。ストーカーなんて――」

眉根《まゆね》を寄せて、唾棄《だき》するように言った。

「実は、文彦くんは中学生の頃から、本当にストーカー被害に遭っていたみたいなんです。『めちゃくちゃ変な名前のオバサンが、気持ち悪いラブレターを送ってくる』って、

すごく気持ち悪そうに言っていたのを聞いたことがあります」

「めちゃくちゃ変な名前？」

そう言われてしまうと、気になってしまう。蓮里は思わず聞き返していた。

「はい。具体的な名前までは聞いていないんですけど、いわゆる『キラキラネーム』とか言われているような名前で、外国人みたいな名前らしいです。そんなオバサンがすぐ近所に住んでいて、いつもニタニタ笑いながら見てくるんだ、と――」

弥生は話しながら、表情に嫌悪感があふれ出ていた。自分の肩を抱くようにして、小さく震えているほど。

「そのせいで、文彦くんは、人一倍強く警戒しているのかもしれません」

「その結果が、探偵による調査の失敗、ですか――」

杠葉は、思考を巡らせるように顎《あご》に手を当てて、

「となると、現状は、文彦さんと会うことはおろか、連絡を取ることもまったくできない、ということですか」

そう確認するように聞いた。

「そうです。葉月お姉ちゃんが亡くなったとき、まずは親族に連絡をすることになって、文彦くんにも連絡を取ろうとしたんです。だけど、電話をしても、メールやアプリを使って連絡をしてみても、返事がなくて。……本当はやっちゃいけないことかもしれないですけど、葉月お姉ちゃんのスマホを使って連絡を取ろうとして、それでも既読すら付

かなかったんです」

「そうですか。ところで確認なのですが、文彦さんは、葉月さんが亡くなるより前に、失踪していたことになりますよね。親子の仲は、どうだったか判りますか？」

「はい。もちろん判ります――」

弥生は大きく頷いた。

「葉月お姉ちゃんと文彦くんは、あまり、親子の仲が良かったとは言えませんでした。何と言うか、葉月お姉ちゃんは、文彦くんにとって何が一番かということを、ちゃんと考えてあげられていないというか、『こうした方が良いからこうすべき』とか『こんなことしちゃいけない』とか、決めつけて押し付けるところもあって。特に恋愛関係で、葉月お姉ちゃんが出しゃばってくることもあったくらいですから。そういうところでちょっと意見の対立もあったんです。だから文彦くんは、実の母親にも居場所を教えずに姿を消してしまったんだと思います」

「なるほど。葉月さんも、文彦さんの行方は知らなかったんですね」

「はい。亡くなる前に少しだけ話ができたんですけど、そう言っていました」

「そんな状況にありながら、探偵が調査を失敗してしまった……。そのため、誰にも行方が判らなくなっている、というわけですか」

「はい……。なので、今度は弁護士さんに捜してもらいたいと。そうすれば、もし万が一、調査中に見つかってしまっても、『弁護士です』って言えば納得してもらえるでしょうし」

「なるほど、確かに探偵を名乗られるよりも、弁護士と名乗られた方が、不審に思われることはないでしょう。弁護士の権限だけでなく権威も、フル活用してしまおうというわけですね――」

杠葉が、皮肉めいた口調で言った。

ただ、現実問題として――何より法律の問題として、弁護士としてできることが何かあるのだろうか？

蓮里がそう質問しようとしたら、杠葉はそれを察したかのように説明を加えた。

「本件について、弁護士としては、相続に利害関係を有する者からの依頼によって、相続人の捜索をすることができます。その際、たとえば弁護士が探偵を雇って調査をしてもらうこともありますし、実際に業務提携をしている事務所もあります。また、弁護士自身が、依頼内容の『証拠』を集めるために調査をすることもあります。特に、『弁護士会照会制度』というものを利用して、弁護士会の権限でもって個人情報を調査することもできます。もちろん、個人情報に関わってきますので、正当な理由に基づいて、正当な範囲においてのみ、ですが」

「ああ、そうなんですね」

と安堵《あんど》したような表情をする弥生。

一方で蓮里も、心の中で「そうなのか」と感心していた。

蓮里は、既に予備試験には合格し、七月の司法試験に向けて勉強を進めているけれど、こういった弁護士の実務については知らないことばかりなのだ。

「典型的な利害関係者というと、亡くなった人に対する債権者——つまり『金を払え』とか『貸した物を返せ』とかいう請求権を有している人たちですね。そういう利害関係者が、相続人を捜し出そうとするのです」

「わ、私、別に金銭問題とか、そういう利害関係があるわけじゃないんですけど」

「相続に関しては、亡くなった方の兄弟姉妹は、利害関係がありますよ。兄弟姉妹も、相続人になる可能性はありますから。もし、文彦さんが相続放棄をしたら、葉月さんはシングルマザーで、ご両親も既に亡くなっているという話でしたので、妹の弥生さんに相続権が回ってくることになりますから」

「私が、葉月お姉ちゃんの、相続をする……」

弥生は、一言一言を嚙《か》み締めるように言った。

「とりあえず、当方ができることとしては、改めて、電話やメールなどで連絡を取ってみたり、SNSで情報を呼び掛けてみる、という一般的な方法。そして、弥生さんの依頼を受けた弁護士として、戸籍や住民票を集めて情報を確認したり、弁護士会照会制度を利用して、企業などの所有する個人情報を集めたりする、という弁護士としての方法が考えられます。そのような手段でよろしければ、依頼をお受けいたします」

「解りました。よろしくお願いします」

弥生は、迷いなく即答した。

正直、本当に話を聞いていたのか疑いたくなるほどの即決だった。

蓮里は思わず困惑したまま呆然《ぼうぜん》として、ふと杠葉から「ほら、契約書の準備」と言われるまで動けなかった。


その後、改めて、故・沼黒葉月の相続に関する、相続人・沼黒文彦の行方捜索について、弥生から依頼を受けることとなった。

「依頼を受けるにあたり、規則により、依頼者の身分を改めて確認するため、身分証明書の確認と控えのコピーをさせていただいております。本日、何か写真付きの身分証明書をお持ちですか？」

蓮里は、事務手続の話を進める。

すると弥生は、どこか恥ずかしそうに苦笑いをして、

「あの、免許証はあるんですけど、その、部分的に汚れてしまっていて……」

そう言いながら、運転免許証を見せてきた。

それを受け取りながら、蓮里は思わず、ある一点に視線が奪われた。

氏名欄の、ちょうど名字のところが汚れていて、文字が判別できなくなってしまっていた。『弥生』の部分は綺麗《きれい》に読めるけど、名字の部分は、汚れているだけでなく文字自体が薄くなっていて、文字の判別が難しいほどだった。

思わず偽造を疑ってしまいたくなる。けれど、名前を書き換えているような跡があるわけでもなく、質感とか写真の印刷の具合とかを見ても、本物の運転免許証とまったく同じだった。

これを見ると、弥生には、やっぱり名字への嫌悪感やコンプレックスがあるのではないか、と思わずにはいられなかった。先ほどは否定していたけれど、この行動がそれを裏付けているように、蓮里には思えた。

ただ、正直なところ、この状態では身分証明の用をなしていない。警察署に行って再発行をしてもらわないといけないレベルだった。

どう対応したらいいだろう。蓮里は、助け舟を求めるように杠葉に視線を送った。

すると杠葉は、弥生の運転免許証をちらりと見ただけで、

「ほら仕事中なんだから、ボーッとしてないでコピーを取ってきて」

と、呆《あき》れたように蓮里を促してきた。

「あ、はい」

蓮里は気の抜けたような返事をして、つい早足になって事務スペースに行ってコピーを取ってきた。

……この程度の汚れだったら大丈夫なのか。まぁ、依頼を受けるときの身分確認は、そこまで厳格にやるものじゃないんだろうし。

改めて、法律知識と法律実務との違いを感じられた気がした。

「そうだ、弥生さん――」紅葉が話を振った。「文彦さんの顔が判る写真などは、持っていますか？　人捜しをする以上、顔は知っておきたいので」

「ああ、確かにそうですよね」

弥生は苦笑しながら、バッグの中から二枚の写真を出してテーブルに置いた。

「こちらが、高校の体育祭のときに撮った、文彦くんです」

一枚は、顔がアップで写っている写真だった。

青色の鉢巻をして、体操着を着ているようだった。色白で、少し頬がこけているようにも見えて、あまり運動が得意そうには思えなかった。そういうところは弥生に似ているかもしれない。

「そしてこちらが、文彦くんが中学生の頃、地域の夏祭りのときに撮られた集合写真ですね――」

もう一枚は、子供と大人が十数人で、祭り櫓《やぐら》の前に並んで写っている写真だった。

一目見ただけで、夏だと判る。小学生くらいの子供たちはみんな日焼けしていて、さらに大人の中にも目立って日焼けしている女性がいた。

そこに、今より若い弥生も写っていた。そしてそのすぐ隣には、文彦らしき男子も一緒に写っている。

笑顔ではなくしかめ面なのは、思春期や反抗期の表れか。……それとも、もしかしたら既にストーカーによる被害を受け始めていたのかもしれない。

「体育祭の方の写真は去年のものですが、もう一枚の写真は六年前の物になります。私と文彦くんが一緒に写っている写真は、こんな古い物しかなかったので」

弥生は、少し気恥ずかしそうに言った。

「弥生さん。こちらの写真も、コピーをさせていただいて良いですか？」

「あ、写真のデータはうちにありますので、これをそのままお渡しします」

弥生は言いながら、二枚の写真を杠葉の方へ寄せた。

「では、遠慮なくいただきます」

杠葉は写真を受け取って、そのまま、ジッと写真を見つめ続けていた。

「……何か、気になることでもあるのでしょうか？」

どこか不安げに、弥生が聞いた。

「いえ、大丈夫です」

杠葉は、写真から目を離さないまま、そう言った。

いったい何が大丈夫なのか、蓮里にも判らない。

ただ、これまでどんな案件でも、杠葉に任せておけば大丈夫ではあった。顧客満足度一〇〇%は伊達《だて》じゃない。

そういう意味では、今回も、杠葉に任せておけば大丈夫だろう。

そんな安心感だけは、蓮里も持つことができていた。

ただ、初対面の弥生にとっては、そこまで信頼も置けないのだろう、どこか不安そうに杠葉のことを見つめていた。

弥生の身分確認を終えて。

正式に、弥生からの依頼について契約を交わした。

「どうか、文彦くんが早く見つかりますように」

弥生は、去り際にも念を押すように言ってから、事務所を後にした。

扉が完全に閉まって、カウベルの音の余韻も消えた。それを見計らうように、蓮里は杠葉に話しかけた。

「この案件、そもそも弁護士がやるようなことなんでしょうか？」

蓮里は、この案件は探偵の方が適任であるように思えてならなかった。尾行と張込みで居場所を割り出していくという調査が必要な場面なのだから、法律の専門家よりも尾行・張込みの専門家に任せた方がいいはずなのだ。実際、一度はその方法で成功間近までいっていたというのだから。

「弁護士は、法律上の依頼に関することであれば、様々な調査の権限を行使することができる……。とはいえ今回は、私もちょっと強引に関連付けたところはあると思っているよ。それでも、この案件は私が解決すべきだと思った――他の弁護士に任せない方がいいと思ったんだ」

「え？　そんな特殊な事案なんですか？」

どうやら杠葉は、蓮里が思っている以上に、積極的に本件に関わろうとしているようだ。しかも、場合によっては弁護士の権限が及ばないかもしれないと解っていながら。

「今回の件は、少なくとも、単なる相続人の行方不明じゃないね。蓮里くんはさ、文彦さんが姿を消したときの話を聞いていて、おかしいとは思わなかった？」

「あの『人間消失』トリックみたいな話ですよね？　誰も、文彦さんが外に出たところを見ていないのに、アパートの中から居なくなっていたって」

蓮里は、先ほどメモを取っていたページを開いて、テーブルの上に置いた。

『横浜のアパート　母子の二人暮らし』『午後四時二七分〜午後七時三〇分　失踪《しっそう》』『目撃者なし』『冷蔵庫の誤配送　玄関先に冷蔵庫　誰が応対したか不明』

杠葉は、そのメモを覗《のぞ》き込む。

「そのことなら、別に問題はないよ。簡単なトリックを使っただけだろうから」

「え？」

「ほら、ちょうどこのメモにも書いてある通りにね」

「えぇ？」

杠葉の言葉に困惑しながら、蓮里は改めてメモを見た。

……この中に、文彦さん消失の謎を解くカギがあるってこと？　というか、杠葉さんは、既にトリックを解き明かしているような口ぶりだけど。

「もしかして、蓮里くん、こんなメモを残しておきながら、どうやって文彦さんが居なくなったのか気付いていないのかい？」

「う……はい」

　そう言われてしまうと、悔しくもあり、恥ずかしくもある。

「文彦さんが不意に姿を消した方法については、大きく二種類が考えられる」

「二種類、ですか」

　一種類も浮かんでいない蓮里は、ますます悔しい思いがした。ただ、このままだとあまりに悔しすぎるので、蓮里はふと思いついたことを言うことにした。

「これは、単なる消去法なんですけど……。唯一の出入口が玄関で、その玄関が開けられたのは冷蔵庫の誤配送のときだけ、ですよね。だから、その誤配送のタイミングで文彦さんも外に出たんじゃないでしょうか」

「そうだろうね。むしろ、それ以外のタイミングは見つからない――」

　紅葉に肯定されて、蓮里は思わず安堵《あんど》した。

「その上、このとき、大きな段ボール箱を玄関先まで運んでおきながら、『誤配送』だったということは……」

「あっ。そのまま大きな段ボール箱を持って帰った、ということになりますね。つまり、その段ボール箱の陰に隠れることもできるし、箱の中に冷蔵庫が入っていなかったなら、そこに人を隠すこともできる」

「そういう単純な方法でも、説明が付くというわけだ」

「なるほど……」

　言われてみれば、確かに単純な方法だ。それこそ、目撃者がどんな光景を見ていたのかをイメージしただけでも、この結論に気付くことができた気がする。巨大な段ボール箱が動く光景なんて、あからさまに怪しすぎる。

そう思っていると、蓮里はふと、違和感のようなものを覚えた。

「でも杠葉さん。それって、つまり『誘拐』っていうことになりませんか？　段ボール箱の中に入って、周りに気付かれないように家を出るなんて、どう考えても普通じゃないですよ」

「確かに、誘拐の可能性もなくはないね」

杠葉の返答は、肯定でも否定でもないようなものだった。

「なんだか、含みのある言い方ですね」

「当然だよ。現時点では、情報の裏取りができていないからね。法律家はもちろん、どんな専門家だって、不確定な情報に基づいて断言をするなんてことはしない。無闇に断言するのは、プロを騙《かた》った素人か、あるいは詐欺師だ」

「それは、確かに」

たとえば、経済の専門家を名乗る人が「必ず儲《もう》かります」なんて言ってきたら、それは確実に詐欺でしかない。

弁護士について言えば、たとえば依頼者や相談者に対して「裁判になれば絶対に勝ちるのだ。

ます」などと断言することは、弁護士の職務基本規程違反になる。裁判でどちらが勝つかは確定事項ではないため、それを断言することは、一種の優良誤認のようなものになるのだ。

……ときどき、杠葉さんは似たようなことを断言してるんだけど。

「私たちが手にした情報は、現時点では、あくまで弥生さんの話を聞いただけだ、ということにも注意が必要だ。そしてそう考えると、文彦さんが姿を消した方法についても、別の案が浮かんでくることになる。つまり、実は文彦さんは、玄関から堂々と外に出ていっただけだった、と」

「堂々と？　でも、それじゃあ弥生さんの話と食い違いが……」

「そうだ。つまりそもそも本件には、その弥生さんの話が信用できるのか、という問題があるんだよ」

「……あ」蓮里もようやく理解した。「弥生さんの話が、真実だとは限らない。間違っている可能性もあるし、意図的に嘘を言っている可能性もありますね」

「そういうことだよ。それこそ、目撃者がちょっと目を離した隙に、普通に玄関から外に出ていただけだった、ということもありうるわけだ」

「……確かに、そうですね」

「人の証言というのは、各人の記憶に依存している。他人の記憶を読み取れない以上、その言葉を聞いて、他の証拠とも掛け合わせて、それが事実かどうかを確認していかないといけないわけだ。今の私たちが裏取りできているのは、せいぜい、公的な証明書であるこの免許証に記載されている事実くらいだろうね――」

紅葉は、弥生の免許証のコピーを指し示しながら言った。

そういう意味では、蓮里たちは、弥生の名前と顔と生年月日、そして現住所くらいしか知らない、ということになる。

「ただ、いずれにせよ、今現在、文彦さんが横浜のアパートに戻らないまま、行方不明であることには違いない。そのことについては、ちゃんと依頼通りに調べていかなければならない」

「そうですね……」

「願わくは、文彦さんが堂々と玄関から出ていただけだった、というオチになってほしいところだけど」

「え？　でもそうなると、依頼者の弥生さんが嘘をついていたことになっちゃいますけど……」

「その方が、まだまともな終わり方をしてくれるはずだからね」

「まともって、どういうことです？」

「蓮里くん――」紅葉は、溜息《ためいき》交じりに名前を呼ぶと、「いろいろ聞いてばかりじゃなくて、自分で考えてみることも大事だよ」

そう咎《とが》められてしまうと、蓮里としてはこれ以上聞けなくなる。

ただ、蓮里も弥生の話を聞いていて、少し引っかかったことがあった。無条件で弥生の言葉を信用してはいけない。それはそうなのだけど、そのこととは別に、何か引っかかるような……。

あれほど詳しく状況を話しているのに、それがすべて嘘だとは思えない。だけど、逆にすべて真実だとすると、それはそれで違和感がある。

その違和感の正体が判らないまま、蓮里はこの案件に取り組んでいくこととなった。

2

紅葉たちは、他の案件の合間にも、沼黒文彦の行方の手掛かりを探していた。相続に関連して戸籍を取り寄せたり、住所関連で住民票を取り寄せたり……。

とはいえ、めぼしい情報は手に入らなかった。

その中でも、蓮里が少し興味をひかれたことがあった。

文彦の母・葉月は、一七歳のときに文彦を出産していた。他方で、葉月の妹に当たる弥生は、葉月より九歳下――当時八歳だった。

つまり、葉月と弥生の年の差よりも、弥生と文彦との年の差の方が、小さい。

これだと、どちらが兄弟姉妹なのか判らなくなりそうだった。

戸籍などの公的書類がダメでも、今はSNSで情報収集ができる。

弥生が積極的にSNSで情報提供を求めているので、それに対するレスなども確認していった。

そんなSNSの反応の中に、外国人っぽい名前に漢字を当てて読ませているアカウント名を目にするたび、蓮里は思わず警戒していた。ストーカーだと言われている相手の特徴——外国人のような名前の、いわゆるキラキラネーム。

そんなアカウントから返された、「私も拡散に協力します。早く見つかるといいですね」という普通の応援コメントも、つい裏があるのではないかと疑心暗鬼になってしまう。もし自分がストーキングされている当事者の立場だったら、すぐに精神が悲鳴を上げてしまいそうだった。

ただ、新しい情報は入ってこなかった。SNSでは、連絡先の一つとして、ゆずりは相続法律事務所のメールアドレスも記載してある。お陰で、いたずらメールは増えているのだけど。

そんなある日の夜。残業をしていたところに、電話が掛かってきた。非通知だ。

事務スペースでは、デスクごとに電話があるけれど、受けるのは基本的に蓮里の役目になっている。

いきなり怒声を浴びせられたり、興奮した酔っ払いの相手をしたりするのも、蓮里の役目だ。顧客満足度は一〇〇％でも、それは逆に言えば、相手になった当事者にとっては不満度一〇〇％でもあるのだから。

蓮里は覚悟を決めるように深呼吸をして、受話器を取った。

「お電話ありがとうございます。ゆずりは相続法律事務所でございます」

「あ、夜分に恐れ入ります――」

予想に反して、丁寧で優しげな女性の声が聞こえてきた。

「わたくし、神奈川県警の生活安全部・人身安全対策課の、内野《うちの》瀬里花《せりか》と申します」

「……神奈川県警、ですか？」

蓮里は思わず顔を弾《はじ》かせるように上げて、杠葉を見やっていた。

ついに脱法的な手段を越えて、違法に足を踏み込んでしまったのか……。

そんなことを思ってしまったけれど、違った。

「あ、県警と言っても、私の職業が警察官だというだけで、今回のお電話は、あくまで『杠葉先輩の大学時代の後輩』という立場でのものですので、そこはご安心を」

「あ、そうなのですね」

どうやら、蓮里の声に不安が混じりすぎてしまっていたようだ。瀬里花は声を明るくして、少し砕けたように話しかけてきた。

「はい。それで、先輩のスマホに連絡をしようとしたら、トークアプリは既読にならないし、電話をかけても電源が入っていないとか言われてしまったので……。不躾《ぶしつけ》ながら、夜分にもかかわらず、こうして事務所の方にお電話差し上げました」

「あぁ、スマホが繋《つな》がらなかったんですね。お手数をお掛けしました」

応対しつつ、杠葉に視線を向けると、そそくさとスマホの充電を始めていた。どうやら充電切れに気付いていなかったらしい。そして蓮里の視線に気付くと、自分のデスクの電話を指さしていた。「早く転送しろ」ということか。

「それでは、スマホはエネルギー切れでしたけど、杠葉さん自身はまだエネルギーがありそうなので、電話を代わりますね」

「はい、よろしくお願いいたします」

蓮里が電話を保留にすると、それを見計らったように杠葉が通話を繋いだ。そして蓮里が受話器を置く前に、二人の会話が聞こえてきた。

「瀬里花。余計なことは喋《しゃべ》っていないだろうね？」

「も、もちろんですよ先輩」

「もしきみが余計なことを喋ったら、私もきみの余計なことを喋らざるを得なくなる。その意味が、解るね？」

「も、もちろんですよ先輩……」

蓮里は、聞いてはいけないものを盗み聞きしてしまった気分になって、そっと受話器を置いた。

一〇分ほど経って、杠葉が「ありがとう瀬里花、助かったよ。今度パフェを奢《おご》ろう」

と声を掛けて、受話器を置いた。

と同時に、杠葉は蓮里に向き直る。

「例の相続人失踪《しっそう》案件に、進展があった。文彦さんについての新情報だ」

「おお」思わず感嘆の声が出た。「杠葉さん、神奈川県警と協力していたんですか？」

「いや。県警じゃなくて、瀬里花個人に協力してもらっていた。大学の先輩後輩のよしみでね――」

……そういえば、内野さんもそんなことを言っていた。

「と言っても、今回は、文彦さんの方から神奈川県警に連絡があったらしい。ストーカー関連ということで、ちょうど瀬里花が所属する、担当部署の人身安全対策課に回ってきたそうだ」

「へぇ。そんな偶然があるなんて、なんだか運が向いてますね」

「それはどうだろう――」杠葉はシニカルに微笑んで、「この案件だけでも、三〇〇人くらいに声を掛けたからね。二九九人分の労力が無駄になったと考えたら、一概に運が良いとは言えないだろう」

「え……」

そんなに声を掛けていたなんて、知らなかった。

そもそも、杠葉の仕事に協力してくれるような人脈がそこまで広がっていることすら、蓮里は知らなかった。

何でも一人でやってしまって、何でも一人でできる人。そんなイメージが、蓮里にはあった。

それこそ、蓮里が巻き込まれてしまった過去の相続争いのときも、杠葉は颯爽《さっそう》と現れて、痛快に争いを終わらせてしまったのだから。

だから蓮里は杠葉に憧《あこが》れて、こうして弁護士を目指している。

……だけど今後は、憧れの視野をもっと広げないとダメだ。

自分が見ていた『竜胆杠葉』は、ほんの一部に過ぎなかった。

ちゃんと全部を見て、そしてしっかりと憧れて、目指さないといけない。

曖昧《あいまい》なイメージなんかじゃなくて、明確な目標として。

「それで、文彦さんの新情報だけど――」

杠葉が淡々と話を進める……本当に淡々としている。三〇〇人に連絡を取って協力してもらったことも、杠葉にとっては普通のことなのだろう。

「文彦さんは、信頼できる友人の家を転々としながら、SNS上の呼び掛けには気付いていたらしい。ただ、匿名アカウントが拡散していたり、よく知らない法律事務所が情報提供を呼び掛けていたりして、むしろ警戒を強めていたそうだ」

「なるほど……」

「そこで文彦さんは、まず警察に連絡をしたようだ。そして、そこに『偶然』、私の後輩の瀬里花がいたことで、『偶然』にも、文彦さんと私たちとが繋がったというわけだ」

聞こえよがしに『偶然』を強調してくる杠葉。蓮里は変な汗をかいてきた。

「す、すみません。杠葉さんの綿密な根回しを、偶然呼ばわりしてしまって……」

「気にしていないよ――」

杠葉は一瞬で嘘と判るような、刺々《とげとげ》しい声を放ってきた。そして空咳《からせき》を一つ。

「文彦さんは、これからここに電話をしてくるらしい。警察からもお墨付きを貰《もら》った弁護士ということで、信用してもらえたようだ」

杠葉は、どこか誇らしげにそう言った。

二〇分後。

簡単な事務作業をしながら待機していると、事務所の電話が鳴った。

いつものように蓮里が出て、「ゆずりは相続法律事務所」を名乗る。

しばらく、反応はなかった。ただ、細かい息遣いだけは聞こえてきていた。緊張感が伝わってくるような、短い呼吸音。

「……あの」

怯《おび》えたような、消え入りそうな声が届いた。

「はい。お電話ありがとうございます。恐れ入りますが、どちらさまでしょうか」

蓮里は、敢《あ》えて電話対応のマニュアルに沿いながら、相手の名前を尋ねる。

「自分、沼黒文彦っていうんですけど……」

「沼黒文彦さまですね。ご連絡ありがとうございます」

蓮里がはっきり聞こえるように声を出すと、杠葉はすぐに察して、いつでも電話をかわれるよう準備を整えていた。

「あの、SNSを見て、それで、警察にも電話して、なんか、自分のことで、大変なことになっているみたいで――」

途切れ途切れに、ゆっくりと話す文彦。

「あの、本当にすみません。営業時間を過ぎてるのに、連絡しちゃって」

「いいえ。こちらこそお手数をお掛けしております。少々お待ちください。弁護士の竜胆に代わります」

「あ、はい……」

電話越しでも、文彦が緊張で張り詰めている様子が伝わってくるようだった。

蓮里が電話を保留にすると、すかさず杠葉がデスクの電話を取った。

「お電話かわりました。弁護士の、竜胆杠葉です」

まだ受話器を置いていなかったので、電話越しにも杠葉の声が聞こえてきた。

「ああ、弁護士さん……」

文彦の、深く安堵《あんど》したような声。

これが、弁護士の力――権威なんだ。

相手に安心感を与え、期待感を抱かせ、そして、それに応《こた》えていく存在。

そういうものに自分もなりたい。

蓮里は改めて、そう思った。

文彦からの電話があった日から、二日後。

あいにくの雨の中、蓮里は、杠葉を乗せて車を走らせ、神奈川県厚木《あつぎ》市へと向かっていた。

杠葉の私物でもある、黒のトヨタ・カローラ。

杠葉が、メーカーはもちろん車種や色にまでこだわって購入したものだった。

「一番売れている車種と色だからね。これで街を走っていれば、いざというときすぐ他の車に紛れ込むことができて、追っ手を撒《ま》けるだろう――」

杠葉のこだわりは、それだけではなかった。

「それに、トヨタはどの地方に行っても正規ディーラーがあるし、故障したときの交換パーツも多く出回っているし、整備士も扱い慣れている。つまり、万が一のときのフォローの水準が高いんだ――」

他人とは違う点に注目していて、実に杠葉らしい意見だった。

「ただ、セダンタイプは大きな荷物が積みづらくて、私には使いづらいんだよなぁ」

むしろ、そこにこそこだわるべきだと思うのだけど……。

そんなこだわりのカローラが向かう先は、厚木にあるゴルフ場だ。

「ゴルフに行くよ」と杠葉から言われたのは、今日の午前〇時。これから寝ようとしていたところに電話がかかってきて、いきなりそう言われたのだ。

しかも、「ゴルフ場のクラブハウスにはドレスコードがあるから、気を付けないと中にも入れないよ」という忠告付き。

もちろん抗議をしたけれど、どうせ杠葉が折れたりすることはないのだから時間の無駄だと思い至って、抗議はそこそこに、そこから夜通し準備をした。

蓮里は、ゴルフなんてやったことが無かった。道具はレンタルできるらしいけれど、服は各自で揃えないといけない。ネットでゴルフ場のドレスコードを調べて、どうにかパスしそうな服を引っ張り出してきたのだ。

「どうして早めに教えてくれないんですか？　昨日の今日で、厚木でゴルフだなんて」

蓮里が刺々《とげとげ》しく言葉を吐いても、対する杠葉は飄々《ひょうひょう》と、

「蓮里くんも、もちろん今回のゴルフがただのゴルフだとは思ってないよね」

「それはまぁ。……文彦さんと会うため、なんですよね？」

蓮里の返答に、杠葉は大きく頷《うなず》いた。

「文彦さんは、今もストーカーに怯えている。だからこそ、突発的に居なくなるという『人間消失』のトリックまで使って、誰にも居場所がバレないように失踪《しっそう》した」

「ということは、文彦さんは、意図的に横浜のアパートから消えてみせた、ということですか」

「そうだ――」杠葉は溜息《ためいき》交じりに、「玄関から堂々と出たわけじゃなかったんだよ。

あの『誤配送』の段ボール箱を利用して、その中に入ってアパートから逃げたらしい」

それは、前に杠葉が言っていた『まともな終わり方』をしない、ということ。

その意味が、蓮里にはまだ判らない。だけど、段ボール箱の中に入って逃げたということは、その段ボール箱を運んでいた人たちが協力者だということにもなる。

それほどのことをしてまで、文彦はあのアパートから逃げたかったということだ。

「そんなストーカーの被害者にとって、一番怖いことは、何より自分の居場所がバレることだ。となれば、相手を安心させるためにも、情報漏洩《ろうえい》のリスクを少しでも減らすべく、『必要以上に、情報を知る人を増やさない』というのはとても重要だろう」

「……それは一理ありますけど。だからって、こうして運転手をする人に前もって目的地を教えるのは、必要なことだと思いますけど」

「でも、その運転手が他人に情報漏洩するかもしれない、という不安は拭《ぬぐ》えない」

「僕は、そんなことはしないですよ」

蓮里の声は、思った以上に刺々しくなっていた。

杠葉に信用されていない――そう感じてしまって。

「判っているよ――」

杠葉は即答する。心なしか、いつもよりも優しげな声で。

「私は判っている。蓮里くんは、ついうっかり秘密を漏らす危険は否定できないが、自分からペラペラ話すようなことはしないし、約束を破ることもない。そういう性格だということを、私は判っている。……でもそれは、文彦さんには判らないことだ」

「……あ」

蓮里はハッとして、言葉に詰まった。

「文彦さんは、とりあえず、弁護士である私のことは信用してくれた。だがそこには、『この人は、秘密を他人に話したりしない、という信用も含まれている。それなのに、私が他人に話したりしたら、それは間違いなく裏切りだ』たとえ私自身が信用している人だとしても、文彦さんにとっては信用できるか判らない存在でしかないのだから」

「それは、確かにそうですね……」

「だから今回のことは、私たちの依頼者である弥生さんにも教えていない。どこから秘密が漏れるか判らないからね――」

弁護士だから信用されている。逆に、弁護士でなければ信用してもらえない。そのことは、蓮里も痛感している。

「弁護士には、『法律上』の守秘義務が定められている。弁護士法二三条だ。だけど、無資格の法律事務員《パラリーガル》には、その条文は適用されない。雇用契約に基づく『契約上』の守秘義務があるだけ。その差は、実は依頼者の立場から見れば非常に大きい。特に、安心感を得るためにはね」

「……そう、ですね」

蓮里は、改めて心に刻むように、頷いた。

今の自分がやるべきことは、杠葉に対して不満を漏らすことじゃないし、文彦に対して「僕のことも信用してください」と詰め寄ることでもない。

杠葉と同等に、相手に信頼してもらえるような存在になっていくことだ。

実力も、資格も無いのに、弁護士と同等の扱いをしてもらおうなんて、どだい無理な話なのだから。

蓮里は思考を切り替えて、本件について詳しく話を聞く。

「ところで、どうしてゴルフ場なんですか？　事務所にはゴルフクラブがあった気がしますけど、杠葉さんからゴルフの話なんて聞いたこともなかったですし」

「ゴルフクラブは、女性にも扱いやすい武器になるじゃないか」

「やめてください」

「冗談だよ――」杠葉は淡々とした口調で、「ちゃんと正当防衛の範囲内でしか使わないから」

「むしろ大丈夫じゃないです。めちゃくちゃ『積極的加害意思』があるじゃないですか」

正当防衛とは、急迫不正の侵害に対して、もっぱら防衛の意思に基づいて反撃をした際に、たとえ暴行罪や傷害罪に当たるような行為をしても、違法性が否定されて罰せられないことだ。

だが、相手からの攻撃にかこつけて、積極的な加害意思をもって反撃すると、それはもはや防衛行為ではなくて独立した加害行為として、違法性が否定されなくなる。

というのが通説・判例の解釈だ。

なので、今回のように、杠葉がゴルフクラブを常備して、誰かに攻撃されたら反撃してやるという腹づもりでいると、程度によっては正当防衛が成立しなくなるのだ。

これは、刑法総論の重要な論点の一つになっている。裁判例も存在しているし、司法試験でも何度となく問題が出されている。

「今度こそ冗談は抜きにして――」

と、杠葉は相変わらず淡々としている。

「ゴルフは、付き合い程度にはやるよ。上手《うま》くはないけどね」

「それって、接待ゴルフっていうヤツですか？　政治家同士とか、政治家と大企業の上層部とかがやっていて、よくニュースになっているイメージですけど」

「そう。まさにそれだよ。そういうことをするために、ゴルフ場は最適なんだ」

「え？　ゴマをすりたい相手を、いい気分にさせやすいっていうことですか？」

蓮里がそういうと、杠葉は呆《あき》れたような視線を送ってきた。

「蓮里くん、ゴルフ場の最大の特徴は、何だと思う？」

と質問を返す杠葉。

「最大の特徴、ですか……」

「たとえば地図を見ていて、ゴルフ場を見つけたときに、単純にどう思う？」

「単純に？　……そう言われると、広いなぁ、とか」

我ながら単純な、小学生みたいな感想だと思った。

「そう、広いんだよ——」杠葉は満足げに頷いて、「あれだけ広い場所を、特定のグループで回っていく。一八ホールやると、だいたい四、五時間だ。そして、硬くて小さいボールを打って飛ばす競技だから、同じホールを他グループが同時にプレイするのは危険ということで、必然的に、他グループとの距離も開くことになる」

「ああっ。グループ内の会話を、他人に聞かれる危険が無いんですね」

「そういうことだ。しかも広いだけじゃなく、基本的には障害物も少ないから見通しがきいて、誰かが隠れている危険も少ない。もし誰かが近付いてきても、すぐに気付いて対処ができる。そんな状況で、四、五時間も話をすることができる。まして、雨が降っていたら遮音効果も追加される。秘密の会話をするには、これ以上ない環境だ」

「なるほど……。これから政治家がゴルフをしているニュースがあったら、見る目が変わりそうです」

「まぁ、本当に遊んでいるだけの政治家もいるだろうけどね」

「それは……」

蓮里は言葉を濁しながら、苦笑した。

……でも、確かに、ストーカーに怯《おび》える人と会話をするには、これ以上無い環境かもしれない。

紅葉はそこまで考えて——相手のことを思って——ゴルフ場を選んだのか。

自分は、まだまだ敵《かな》わない。当たり前だけど、改めてそう思った。

約束の時間より二〇分早く、厚木にある目的のゴルフ場に到着した。

このゴルフ場の一つのホールを、三時間貸し切りにしているらしい。ざっと二万八千円。イメージしていたよりは安いけれど、話し合いの場を設けるための費用として考えると、やはり高く感じてしまう。

せめて、この額に見合った成果を出せるようにしたいけど……。

そんなことを考えながら、クラブハウスのロビーで待っていると、駐車場に一台のタクシーが入ってきて、クラブハウスに横付けした。

思わず少し緊張しながら、降りてくる客を確認する——文彦だ。

チノパンにジャケット、という格好は蓮里と同じ。年齢もさほど変わらないはずなのだけど、まだ幼さが残っているように見えた。高校を卒業したばかりなのだから当然ではあるけれど。むしろ、前に弥生から見せてもらった高校時代の写真よりも、さらにいっそう細くなっているようにも見えた。

紅葉と蓮里は、エントランスで文彦に歩み寄るようにして迎えた。こちらは文彦の顔を写真で知っているけれど、文彦は蓮里たちの顔を知らないのだ。

「沼黒文彦さんですね。私が、竜胆紅葉です」

紅葉が呼び掛け、それと同時に、羽織っていたジャケットの襟に付けられた弁護士バッジを見せた。ヒマワリに天秤《てんびん》――この弁護士バッジこそ、弁護士にとっての身分証だ。これとは別に身分証明書を発行することはできるけれど、このバッジだけで弁護士としての身分を証明することができる。

その力は、一般人に対しても絶大だ。

弁護士バッジを見た瞬間、文彦は頰を緩めながら大きく溜息《ためいき》を漏らしていた。緊張が少し解けた様子で、安堵《あんど》したように小さく微笑んでいる。

蓮里も軽く自己紹介をした後、ここで長話をしていたらゴルフ場を選んだ意味が無いので、さっそく用具をレンタルして、貸し切りのホールへと向かった。

蓮里は初めて、ゴルフのコース上に立った。雨の中、このホールには、自分たちのグループしか立っていない。他の傘も見当たらないし、人影も無い。

パラパラと傘を叩《たた》く雨音に包まれて、隣同士で会話をするのが精一杯だった。

これほど開かれた空間で、秘密の話をする、というのが少し可笑《おか》しかった。見つからないように隠れてこそこそするのではなく、堂々としている。その方が、他人の接近を感知できて、いざというときの安全を確保しやすい。

「ゴルフをやりながらでも構わないけれど、まずは本題の話を進めましょう――」

紅葉の言葉に、蓮里と文彦は揃って頷《うなず》いた。

「先日もお電話でお伝えしました通り、文彦さんの母親――葉月さんは、三月二九日に亡くなられました。まず何より、お悔やみを申し上げます」

「……ありがとうございます」

文彦は、ゆっくり、深々と頭を下げた。

彼が頭を上げるのを待つようにして、杠葉は話を続けた。

「葉月さんが亡くなられたことで、相続財産は、一人息子である文彦さんが、すべて相続をすることになります。遺言や生前の契約などは、ありませんでした」

「……なるほど」

「その一方で、唯一の相続人である文彦さんが行方不明になっている、という話になっていました。そこで、文彦さんの叔母に当たる弥生さんが、文彦さんを捜し出してほしいということで、私に依頼があったのです」

「ああ、叔母がそんなことまでやってくれたんですね。……嬉《うれ》しいなぁ」

文彦は、喜びを噛《か》み締めるように、しみじみと言った。

その声を聞いて、蓮里は思わず口を挟んでいた。

「文彦さんは、弥生さんとは仲が良いんですね」

「そうですね。やよちゃんとは……って、『叔母さん』と呼ぶと怒るので、『やよちゃん』って呼ぶように厳しい躾《しつけ》をされたんですけど。実際、俺とやよちゃんはそこまで年は離れてないですし——」

懐かしそうに頬を緩める文彦。

「年の差は八歳ですね。母が俺を産んだのが早くて、逆に、やよちゃんが生まれたのが遅めだったんです。俺が生まれたときから、やよちゃんは一緒の家で暮らしてたので、小学校に上がるまでは、やよちゃんのことを姉だと思っていたくらいですし――」

……ということは、弥生さんは三〇歳にもなっていないんだな。確かに、ちょっと不健康そうではあったから、実年齢以上に見えちゃってたのか。

「やよちゃんは、俺がストーカーに苦しんでるときも、いろいろ相談に乗ってくれたし、一緒に戦おうなんてことも言ってくれてたんです。俺がまだ子供の頃は――って、今も子供ですけど、幼かったときなんかは、やよちゃんの方が強かったですから、けっこう頼っちゃったりして」

そう思い出を語る文彦。

蓮里はふと気になったことがあった。

「文彦さんは、幼い頃からストーカー被害に遭っていたんですか？」

「あ、はい。そうですね……まぁ、本当に幼い頃は、そういった知識も無いですから理解はできてなかったんですけど、中学に入ったあたりで、いろいろ気付いた感じです。後々思い出してみると、あの女といつも下校時に偶然出会ったり、いつもお菓子をくれたり……あと、まぁ、いろいろと」

文彦は頬を引きつらせるように、嫌悪感を隠さず言い捨てた。

「それでは文彦さんは――」今度は杠葉が質問をする。「そのストーカー女から逃げるために、周囲に何も言わずに姿を消した、ということなんですね」

「そうです——」

文彦は即答した。

「あの近所に住んでいるストーカー女——佐藤真愛知《さとうまあち》から、逃げてきたんです」

「……マーチ？」

蓮里は聞き返していた。

「はい。『真の愛を知る』と書いて、『まあち』です」

「それは……すごいですね」

自分の名前も珍しいとは思うけど、そんな自分の名前よりも突飛なものに感じた。

そして何より、漢字の意味が、皮肉にまみれ過ぎている。

そういえば、弥生も以前、ストーカーの名前は外国人っぽいキラキラネームだと言っていた。真愛知という名前は、その特徴にも一致している。

「小中の頃は、やよちゃんの協力もあって、とにかく俺が一人にならないよう大勢で行動するようにしてたので、あの女も俺のことを遠目にずっと見ているだけだったんですけど、俺が高校に上がったのと同時に、やよちゃんは急に海外に行くことになっちゃって、それからほとんど日本に戻ってこなくなって、会えなくなっちゃったんですよ。そしたら、そこからまた、あの女が迫ってきて——」

文彦は苦々しく言い捨てた。

「特に、俺が一八になってから更にエスカレートしたんです……。俺の誕生日は一〇月二二日なんですけど、その誕生日には、手作りっぽいケーキと、自分の分だけ名前が書かれてる婚姻届が玄関に置かれてたり、その後も毎月二二日は、花束が置かれるようになってて――」

話を聞いて、蓮里は思わず顔をしかめていた。

不気味だ。こんなの拒絶したいだろうに、拒絶をしたら何をされるか判らない。

ましてや、文彦は、実家を把握されてしまっている状況なのだから。

こんな状況なら、黙って姿を消すくらいしかできそうにない。

「正直、母が死んだって聞いたとき、あのストーカー女に殺されたんじゃないかって思ったんです。これまでも何度か、母が怪我をすることがあって、だけど母は『何でもない。ちょっと転んだだけ』って言ってて……。だから、俺と仲良くしてるとストーカーに襲われるのかと思って、表向きは、仲が悪いように見せたりして……」

それは、前に弥生も言っていたことだ。葉月と文彦の親子の仲は、あまり良くないと。あのとき弥生は、「葉月が文彦の恋愛にも口出ししてくる」というようなことを話していた。

……あれは、葉月さんと文彦さんがストーカー対策としてケンカしてみせていたところを弥生さんが耳にして、本当のケンカだと勘違いしていた、っていうことなのか？

そう考えると、状況の説明は付く。だけど、何かズレているような違和感が拭《ぬぐ》えない。

蓮里が考えあぐねている間に、文彦の話は先に進んでいた。

「だから今回、弁護士の先生が俺を捜してて、それがやよちゃんの依頼だって聞いて、コレだって思ったんです。ここで協力して、ストーカー女を撃退できないかって」

「なるほど、撃退ですか」

紅葉が、含みを持たせるように呟《つぶや》いた。

「あ、別に暴力をふるったりとか脅したりとか、そういうことじゃなくて。……普通に、俺の生活が妨害されないように、諦《あきら》めてもらうとか、そういう方向で何とかできないかと思って――」

そう呟く文彦の声には、溜息交じりで力が無く、どこか諦観《ていかん》のような思いがあるようにも聞こえた。

「これまでは、警察に言っても『巡回を増やす』とか、『事件になっているとは言えない』とか言われて……。中には、『男が女を襲うなら危険だけど、女が男を襲うのは危険じゃないだろ』なんていう人もいて……」

「確かに、ストーカーによる被害を軽視する人は、まだ少なからず存在していますね。ストーカー規制法があるというのに。ただ、それだけでなく、ストーカーの側の言動も巧妙化していて、ギリギリ犯罪にならない範囲で好き勝手にやる、という事案もあったりします。そうやって、相手を根負けさせようとするんです。『今後ずっと嫌がらせをされ続けるのと、自分と交際するの、どっちが良い？』と」

「…………」

文彦は絶句しながら、項垂《うなだ》れた。

蓮里も言葉が出ない。

そんな二者択一を迫られても、答えは一つしかない。

嫌がらせをしてくるような人間のことを、好きになるわけがないじゃないか。

傍《はた》から見れば、ストーカーは、自ら嫌われるような言動ばかりしているのだから。

「俺は、どうしたらいいんでしょう……」

消え入りそうな声で、文彦が聞いていた。

ふと気付けば、今の杠葉たちは、ストーカー対策のための法律相談をしている格好になっていた。本来ならば、三〇分五五〇〇円以上の相談料が求められるところだけれど、杠葉はそんなことを気にする素振りもなく相談を続ける。

「そうですね。一つは、弁護士と一緒に警察に相談する、ということが考えられます。文彦さんが弁護士と会って安心しているように、逆に、弁護士の権威を使って警察に圧を掛けていくわけです」

そんなことを飄々《ひょうひょう》と言う杠葉。

口調は冗談めかしたようにも聞こえるが、その目は真剣だ。

「なるほど。そうやって、あの女を逮捕してもらうんですね」

「上手《うま》くいけば逮捕ですね。上手くいかなければ、逮捕に至らず自由の身です。しかも、すべて上手くいって逮捕されたとしても、数年だけで戻ってきます。却《かえ》って恨みを買うことになり、余計に危険な状態になる可能性もあります」

「それは、最悪です……」

「ええ。そこで、もう一つの手段が考えられます――」

紅葉は指を立てて、

「脱法的に、徹底的に、自分たちの手でストーカーを撃退する」

そんなことを言い放った。

蓮里は思わず辺りを見回した。ここはゴルフ場のコースの上。蓮里たち三人以外の人影は、まったく視界に入ってこない。

……なるほど。こういう話をしても、誰かに聞かれる心配がないんだな。

ゴルフ場の有用性を実感できて、蓮里は思わず苦笑する。

「そんなこと言っても、竜胆先生。何か有効な方法はあるんですか？」

蓮里は、業務上の呼び方に切り替えながら聞いた。

「そうですね。たとえば、一番単純な方法としては、偽の恋人役と一緒にストーカーの前でイチャイチャすることで、ストーカーの心を折りながら逆上させて、襲ってきたところを正当防衛で反撃して叩《たた》きのめす、という方法が考えられます」

すらすらと、脱法的な手段を語ってくる紅葉。

さすが、と思いつつも、頭が痛くなる。

正当防衛は合法的な制度だけど、それを積極的に活用しようというのは、紛れもない脱法だ。

「でも竜胆先生。正当防衛は、『急迫』『不正』の攻撃を受けそうになった時に、相当の範囲内で反撃するからこそ、違法性が阻却されて許されます。自ら攻撃を招くように煽《あお》ったり、攻撃を予測した上で積極的に反撃しようとするのなら、『積極的加害意思』があるとして違法性が阻却されずに、こちらが処罰されてしまいますよ」

それは、奇《く》しくも先ほど語っていた刑法の論点だった。

「何を言っているんですか、緒本くん――」

杠葉は、不敵な笑みを浮かべる。

「それは、『恋人のフリ』であることがバレたり、積極的に叩きのめそうとしたという計画がバレたりするから、正当防衛が成立しなくなるんですよ。そこがバレなきゃいいんです。『本当に恋人同士です』ということにしておけばいいし、これだけ長年に亘《わた》ってストーカーに悩まされてきたなら、『いつか襲われるかもしれない』という警戒はしていて当然でしょう。そのための防衛手段の一つとして、やむなく反撃を加えた、という感じに見えるくらいの反撃を心掛ければ、いけます」

そう力強く断言する。

「……つまり」蓮里は、思わず苦笑が漏れそうになる。「計画的なものに見えないようにするため、綿密に計画を立てる、ということですね」

「そういうことです——」

杠葉は自信ありげに頷《うなず》いた。

「幸い、神奈川県警には知り合いの女性警官がいるので、やろうと思えばいつでもできますよ。その人を恋人役に仕立て上げます」

そう気楽な感じで提案をしてきた。

……ああ、内野さん。今ごろ大きなくしゃみとか悪寒を感じてるんだろうなぁ。

蓮里は、似たような『後輩ポジション』に収まっている仲間のことを慮《おもんばか》った。

「あの、竜胆先生——」

文彦は、杠葉をまっすぐ見返した。

「俺、やってみたいです。このままずっと怯《おび》え続けて生きていくくらいなら、ちゃんと反撃して、精一杯の抵抗はしておきたい。……さっきも言ったけど、やよちゃんが弁護士に依頼して、俺のところに弁護士が来てくれたのは、すごいチャンスだと思うから。ここで立ち向かわなかったら、きっと俺は、一生逃げ続けることになる」

力強く語る文彦に、杠葉は小さく微笑みながら、頷いた。

「そうと決まれば、さっそく知り合いの警官にも伝えましょう。……と、その前に、佐藤真愛知の写真などがありましたら、あわせて情報共有しておきたいのですが」

「それなら、ちょっと昔——六年前くらい、俺が中学生のときの物なんですけど、夏祭りのときに撮った写真のデータを持ち歩いてます。やよちゃんが一緒に写ってる数少ない写真なんで。……そこに、近所に住んでいたあいつも一緒に写ってます」

文彦は苦々しく言いながら、スマホで写真を見せてくれた。

「ああ――」蓮里は思わず声を漏らした。「この写真、前に弥生さんから同じ写真を見せてもらいましたよ。二人とも、同じ写真を大切にしてるんですね」

「あ、そうだったんですね」

そう返す文彦も、どこか嬉《うれ》しそうに、照れたように、はにかんでいた。

それを見て、蓮里の胸に温かいものが溢《あふ》れてくるように感じた。

文彦と弥生が隣に並んで写る写真。弥生は夏祭りでも一人だけ色白なので、目立っている。六年前くらいの写真のはずなのに、失礼ながら三〇代に見える。

そんな弥生のすぐ隣に、文彦も写っている。思春期特有の不機嫌そうな顔にも見えるが、あるいは、ストーカーが一緒にいることへの不満や警戒が表れていたのかもしれない。

「そういえば、弥生さんは、文彦さんが高校生の時の写真も持ってましたよ。体育祭で、青い鉢巻をしている写真です」

蓮里がそう言うと、ふいに杠葉が「緒本くん――」と呼んできた。雨脚が強まってきたのか、パラパラと傘に打ち付ける音が大きくなっていた。

「きみは、人の話をちゃんと聞かないとダメじゃないか」

「え？　どういうことですか？　何か、変なこと言っちゃいましたか？」

「ああ、言ったよ――」

紅葉はそう断言して、

「叔母の弥生さんは、文彦さんが高校に上がったのと同時に、海外に行ってしまったんだよ。そんな人が、どうして文彦さんの高校時代の写真を持っていたんだ？」

「………え」

確かに、考えてみるとおかしい。文彦が高校に通っていた期間、弥生は海外にいたと話していたじゃないか。しかも、会うこともできなかったと。

そんな人が、高校時代の文彦の写真を持っているということは……。

「文彦さん。高校時代の写真を、弥生さんに渡したりは……」

蓮里は、言葉を最後まで続けることができなかった。

文彦の顔が、不快感をあらわにして歪《ゆが》んでいる。その身体が、小刻みに震えている。

その態度が、答えだった。

文彦は、弥生に写真を渡してなんていないのだ。

なのに弥生は――『あの女性』は――高校時代の文彦の写真を持っていた。

その二つの事実を、矛盾なく説明するためには……。

「……文彦さん、この人が、弥生さんですか？」

蓮里は、文彦のスマホに映し出されている写真を指さした。

蓮里の指先にいるのは、先日ゆずりは相続法律事務所を訪ねてきた女性――弥生だ。

「違う！」

文彦の叫びが、雨音を切り裂くように響いた。

そして文彦は、震える声を振り絞るように、言った。

「……これは、佐藤真愛知――ストーカーだ」

「…………」

蓮里は、声を返すことも、息をすることすらできなかった。

文彦の叔母である『沼黒弥生』を名乗ったあの女性は――本件の依頼者は、実はストーカーの『佐藤真愛知』だった？

「やはり、そうでしたか」

そう呟《つぶや》いたのは、杠葉だった。

蓮里は困惑のあまり、息を詰まらせながら杠葉のことを見ることしかできない。

「文彦さん――」

杠葉は、蓮里たちの知っている『弥生』を指さす。

「私たちに依頼をしてきたのは、この女性です」

「なっ……」

文彦は言葉に詰まっていた。

それはそうだろう。味方の沼黒弥生が弁護士に依頼をしてくれたと思っていたら、正反対の、ストーカー女が依頼していたというのだから。

……もし、僕たちが、依頼通りに文彦さんの居場所を彼女に教えてしまっていたら。

……もし、SNSで拡散されていた情報を見た人たちの中に、善意で文彦さんの居場所を教えてしまう人がいたら。

蓮里はゾワッと総毛立ち、その怖気《おぞけ》に身体が震えだしてしまった。

依頼者が、ストーカーだったなんて。

これまで良かれと思ってやってきたことが、一転、犯罪の片棒を担ぐことになっていたかもしれない。

助けを必要としている人に、さらに致命的なダメージを与えてしまっていたかもしれない。

ついさっきまで胸にあふれていた温かい気持ちが、一変、氷の刃《やいば》になったかのように全身を突き刺してくる。

蓮里は全身の震えを抑えるため、思わずその場にしゃがみ込んだ。

「ま、待ってください。依頼をしてきたのは、やよちゃんじゃなかったんですか？」

「ええ、違います――」

杠葉はそう断言した。

「当初は、私もこの女性が沼黒弥生だと思っていました。彼女もそう名乗っていましたし、免許証にも『弥生』という名前が記されていましたから」

……そうだ。あの免許証には確かに『弥生』と記されていた。名字の部分は読めなくなっていたけど、名前の部分は確実に『弥生』だった——『真愛知』ではなかった。

「……あの免許証は、偽造だったんでしょうか？」

蓮里が聞くと、杠葉は首を横に振る。

「おそらく正式なものです。日本では、自分の名前が特殊なために日常生活で不利益を被ることがある場合、家庭裁判所の許可を得て、名前を変えることができますから」

「あぁ、名前の変更……」

蓮里は思わず呟いていた。それは奇《く》しくも、弥生が事務所を訪ねてきたときに、名字について考えていたことだ。名字も、名前も、正当な手続を踏めば変更が可能だ。

『真愛知』という名前は、一見して読むことが難しい。また、場合によっては、学校等でからかいの対象になったりすることで、人格形成に影響を及ぼすこともある。そのような事情があることで、日常生活に不利益が生じると認められたなら、名前を変更することができる。

彼女の名前は、正式に、『弥生』になっていたのだ。

俗名でも自称でもなく、公的に『弥生』という名前になっていたのだ。

そして、あの免許証の名字が汚れで見えなくなっていたのは、『沼黒』という名字が嫌いだからではない。『佐藤』という名字を隠すため——

……それとも。

将来的に、『沼黒弥生』になろうとしていたのかもしれない。

沼黒文彦と、籍を入れることによって。

紅葉が、しかつめらしい表情で話す。

「おそらく、マーチが三月を意味するから弥生にした、ということもあるでしょうが、それ以上に、文彦さんと仲良くしている弥生さんへの嫉妬《しっと》や対抗心が、この名前を選んだ理由なのでしょう。それこそ、叔母の沼黒弥生のフリをすることができ、そして私たちに依頼をしてきた。弁護士の権限を利用して、文彦さんの居場所を探るため」

そう考えると、これまでの弥生の言動にも、いろいろと怪しいところが見えてくる。

紅葉に依頼をする前に、「探偵に依頼をして居場所を探っていたらストーカー扱いされた」というのも、探偵の尾行が怪しまれたのではなくて、そもそもストーカーが依頼者だという事実を指摘しただけだったのだろう。

「そもそも、彼女は文彦さんについて詳しすぎた――」

紅葉が、敬語ではなく普段の口調になっていた。

言われてみれば、確かに、弥生の文彦に関する話は異様なまでに詳しく、そして断言をすることが多かったように思う。

「特に、文彦さんが失踪《しっそう》した当日の話は、あまりに詳しすぎた。何時に文彦さんが帰ってきて、何時に文彦さんが居なくなっていることに気付いた。しかも、その間にあの部屋を訪ねたのは、誤配送の配達員だけという……。あんな話は、四六時中あの部屋のドアを監視していないとできないものだ。少しでも見逃した時間があったとしたら、あんなふうに断言はできないのだから」

「……あぁ」

そこでようやく蓮里も気付いた。あの話を聞いたときに感じていた違和感の正体。

『目撃者』による証言が、実に緻密《ちみつ》で、わずかの漏れもなかったのだ。

それらはすべて、佐藤弥生が自身の目で見て、耳で聞いていたものだったのだ。

ずっと文彦に付きまとっていたからこそ――アパートを監視し続けていたからこそ、語れるものだったのだ。

だからこそ文彦は、あのアパートから――ストーカーの視線から――消えてなくなる必要があった。仲間と協力して、『人間消失』のトリックを使ってまで。

そうしないと、きっと追ってくるのだ。あのとき「文彦くんは友達の家に行っていた」と断言できたように。

それを佐藤弥生は、文彦が居なくなったことに気付いて、あらゆる手を使ってでも見つけ出そうとした。

探偵の力を使って、そして、弁護士の力を使って。

「それでは、文彦さん――」

杠葉が、淡々とした口調で言う。

「これから、神奈川県警の知り合いに連絡をします。心の準備は大丈夫ですか？」

「それは、はい、もちろんです」

文彦は圧倒されたようになりながらも、それを押し返すように力強く同意を示した。

横浜市内、待ち合わせ場所として指定した駐車場内で、一人の女性が車のドアをノックして、後部座席に乗り込んできた。

先に乗っていた文彦が、脇にズレてスペースを開ける。

女性は、「こんばんは、はじめまして」と軽く挨拶《あいさつ》をすると、

「先輩、相変わらず、人使いが荒いですよ……」

と、助手席に座る杠葉のことを恨めしそうに睨《にら》みつけた。

身長は小柄ながら、やや丸みを帯びた体型をしている。と言っても、いわゆる肥満というわけではなく、筋肉で引き締まっている感じだった。一言で言えば、柔道家のような体つき。

そんな蓮里の推察は正しかったようで。

「この子は、私の大学時代の後輩、内野瀬里花。学生時代は柔道のインターハイにも出場していて、今は、神奈川県警の生活安全部・人身安全対策課の警部補だよ」

「あ、紹介にあずかりました。内野瀬里花です。皆さんお察しの通り、いつも先輩には振り回されて、こき使われてます」

ころころ表情を変えて、楽しそうに自己紹介をする瀬里花。どこか小動物を思わせるような動きだった。

そんな瀬里花に対して、杠葉は単刀直入に言った。

「瀬里花には、今日から彼と、恋人のフリをしてもらいたい」

と、文彦を指し示す。

「ど、どういうことです？」

「沼黒文彦さんが、今、ストーカー被害に苦しめられているのは知っているでしょう。その対策として、ちょっとした捕り物をやってしまいたい。そのために、瀬里花の協力が必要なんだ」

「なるほど、その話、詳しく聞かせてください」

瀬里花の視線が、一変して鋭くなった。


杠葉は、文彦と共に、これまでの経緯を瀬里花に説明した。

特に、ストーカーが叔母のフリをして杠葉の所に依頼を持ってきて、あわや文彦の個人情報がストーカーに流れそうになったところでは、一段と表情が険しくなっていた。

「今は、SNSでもそういうことがあるんですよ。『恋人が行方不明になってしまいました』って言って、世界中から情報を集めてもらって、いざ蓋《ふた》を開けてみれば、その『恋人』は懸命にストーカーから逃げている被害者だったのに、SNSの情報網に引っかかって、ストーカーに見つかってしまう――」

哀しそうに、悔しそうに、瀬里花は語る。

「SNS上にいる無数の善意の人たちによって、一人の被害者をさらに傷つけてしまう……アカウント名の奥に誰が居るのか判らないのに、みんな、善意でその人を助けようとしてしまうんです」

「それが今回の件では、本当の名前を変更してまで、現実世界で同じことをやろうとした……というか、アカウント乗っ取りみたいなことでもあるのかもしれないね――」

紅葉は、思考を巡らせるようにしながら、ゆっくり語る。

「文彦さんに好かれている叔母の『沼黒弥生』という存在に、自分自身がなろうとした。そうすることで、文彦さんに好かれる自分になろうとした」

「……そんなこと」文彦が吐き捨てるように言う。「そんなことをする人なんて、嫌われるに決まってるじゃないですか。自分では何もしないで、他人の成果だけを奪おうとするなんて、そんな人、大嫌いですよ」

「本当に、そう思います――」

瀬里花は、何度も頷《うなず》きながら、

「ちょっと違うかもしれないですけど、私も、他の子みたいな可愛い格好をしてみたいって思うときがあります。でも、他の子になりたいとは思いません。子供の頃から柔道をやっていて、何度も骨折したりして、もう骨から太くなっちゃってて、細くて可愛い服は着られないんです。でも、私は私だから。ここまで積み上げてきたものが、私だから。こういう私を好きでいてくれる人にいつか会えると信じて、私のまま突き進んでいくんです」

そう言って、楽しそうに微笑む瀬里花。

……ちょっとどころか、だいぶ違う話になっていた気もするけれど。

「それで瀬里花、肝心の恋人ごっこは、してくれるよね？」

「はい、やりますよ！　……ただ、表向きは、『ごっこ』じゃなくて『本物』っていう体《てい》なんですよね？」

「ああ。そうしてくれないと『正当防衛』の要件が否定されかねない。ただでさえ、瀬里花は柔道の有段者でもあるから、手加減はしてもらわないといけなくなる」

「ですね。素手対素手、女性対女性ですと、間違いなく過剰防衛になっちゃいます」

「そこは、現場の状況を見て、臨機応変に」

「便利な言葉ですね。それ、現場に丸投げっていうことですよ」

瀬里花が毒を吐くように言った。きっと、よく聞かされている言葉なのだろう。

「ちゃんと作戦実行のタイミングでは、私たちも待機しているようにするよ」

「……でも、先輩って戦力にならないじゃないですか」

「瀬里花と比べたら、誰も戦力にはならないよ」

「まぁ、私はそれだけが自慢ですからね」

瀬里花は楽しそうに笑った。

「あともう一つ」杠葉は、声のトーンを真剣なものに戻して、「場合によっては、警察が絡んでるということで、違法な『おとり捜査』に当たる可能性も出てくる。いわゆる『犯意誘発型』——犯罪をする気が無かった相手を煽《あお》ったり追い込んだりして犯罪を起こさせる——という類型だね」

「相変わらず、先輩は危ない橋を渡らせるのが好きですねぇ」

「瀬里花は頼りになるから。信頼しているよ」

「……いつもそういうことを言いますよね。先輩って」

瀬里花は怒ったような、だけどどこか楽しそうでもあるように、声を弾ませていた。

「あの、俺のために、すみません」

文彦が、座席の隅に縮こまっていた。

「ううん。悪いことなんてないですよ——」

瀬里花は微笑んで、

「私、一人でも多くの人たちを守りたいから、身体を鍛えてきたんですよ。この身体が役立つのなら、これ以上ないほど本望なんです」

「………」

文彦は、瀬里花のことをジッと見つめたまま、動かなくなっていた。

諸々《もろもろ》の準備を整えたところで、蓮里と杠葉は、作戦の成功に向けて種をまき始める。

「弥生さん。文彦さんの現住所が、判りましたよ」

ストーカーである弥生の正体に気付いていないフリをしながら、電話でそう報告する。

もちろんこれは本当の住所ではない。偽の住所を教えたのだ。本当の住所は、いざというときの避難場所にもなる。

そして偽の住所には、文彦だけでなく瀬里花も出入りするようにしていた。

その上で、蓮里たちは、ダメ押しとばかりにさらに種をまく。

諸々の書類を渡したいからと、佐藤弥生を事務所に呼び出して、蓮里が報告をする。

「そういえば、文彦さんには今、付き合っている人がいましたよ。弥生さんの話も、かつての初恋の思い出として懐かしんでいました。今となっては、文彦さんにとって弥生さんが唯一の血縁者ですし。ぜひ恋人を紹介したい、とも言っていました」

あくまで、叔母の弥生に報告をするように。

そしてさりげなく、ストーカーの弥生を煽るように。

そうすれば、きっと弥生は、文彦の偽の住所へと向かうだろう、と。

ここからは、ただひたすら、文彦と瀬里花に恋人のふりをし続けてもらうことになる。

さすがに、毎日そんなことをやってもらうのは大変すぎるので、お互いのスケジュールを何とか調整して、プライベートを優先しつつ、曜日を決めて計画的にやってもらうことになっている。

「水曜、金曜と土日は、家に居ることが多いそうです。それ以外だと、泊まり込みの仕事も掛け持ちしているようなので、会うのは難しいかもしれません。もし不安なら、事前に連絡しておけば、きっと会えると思いますよ。良かったですね」

蓮里がそう伝えたときの、佐藤弥生の顔……。

「ありがとう、ございますね」

あれほど歪《ゆが》んだ笑顔を、人間ができるなんて、想像すらしていなかった。

佐藤弥生が事務所を出ていって、しばらくしても、蓮里は身動きが取れなかった。少しでも足を動かそうものなら、そのままバランスを崩して倒れてしまいそう。

そこに、ゴルフのドライバーを握りしめた杠葉が、部屋の奥から現れた。

「ね？　この事務所、武器は必要でしょう？」

いつものように飄々《ひょうひょう》と言ってくる杠葉。

今は、その余裕のある態度が、何よりも有り難かった。

だけど、その余裕もすぐに失われた。

「ただ、タイミングが最悪だったね」

「……どういうことです？」

「今日も金曜日だ。だけど、私たちは何の準備もできていない。……今日は二人とも、それぞれ大切な用事があるから、作戦は実行できないという話だったはずだ」

「……あ」

確かに以前、文彦も瀬里花も、それぞれ「二六日は大事な用があるので、作戦実行はできない」と言っていた。二六日は——今日は——金曜日だ。

蓮里は、冷水を浴びせられたように固まってしまう。

「そ、それじゃあ、今日は文彦さんと内野さんは一緒に居ないっていうことですか。じゃあ、今から佐藤弥生の方に曜日の変更を伝えて……」

「いや、そんなことをしたら、怪しまれるだけだろう」

「じゃ、じゃあ、どうにか文彦さんたちの予定を変えて……」

「大事な用事だと言っていたし、今から変えるのは難しいだろうね」

「……それじゃあ、もし、今日文彦さんが狙われてしまったら……」

蓮里の声は、消え入りそうなほど小さくなっていた。

ただ、杠葉はいつも通りに飄々とした様子だ。

「とりあえず、本人たちには伝えておくし、私もできる限りのサポートはするよ」

「……そうですね。僕も、二人のためにできることは、何でもします」

蓮里は、震える声を絞り出すように言った。

「それは頼もしいね——」

杠葉は、場違いなほど冗談めかした口調で笑いながら、

「二人の間に割り込んで、蹴《け》られて死ぬくらいの覚悟はしておいた方がいいよ」

「それは、そうですね」

佐藤弥生が襲い掛かる中、自分の身を盾にするくらいの覚悟はしておかないといけないだろう。

「とりあえず、蓮里くんから二人に、事情を説明した方がいいだろうね」

「はい、そうします」

蓮里は、重く硬くなった口を何とか動かしながら、文彦たちに連絡をした。

3

翌日。

一つの事件記事が、世間を賑《にぎ》わせた。

『近隣に住む少年に一三年前から付きまとい、一方的に求婚を迫っていた佐藤弥生容疑者（三五）が、二六日午後四時頃、ストーカー規制法違反および殺人未遂の容疑で逮捕された。佐藤容疑者は、少年が五歳の頃に出会い、親戚《しんせき》のように接する中で恋愛感情を抱くに至り、以後、一方的にプレゼントを渡したり、少年を尾行・監視したりする付きまとい行為を続けていた。さらに今月二六日、少年が交際中の女性と一緒にいるところを目撃したことで激昂《げきこう》し、持っていた包丁で交際相手の女性を襲おうとしたところ、少年と交際相手の協力により、殺人未遂の現行犯で逮捕された。なお、先月二九日には少年の母親が駅のホームから落下して死亡する事故があり、神奈川県警は、改めて事件の可能性も含めて慎重に捜査を進めていくとしている』

大手マスコミの記事では、最小限の事実のみが報じられていたが、ゴシップ誌やネット掲示板などでは、改名前の『佐藤真愛知』の名前が広まっていた。

そのインパクトは、絶大だった。

そして、それに関する言いたい放題の意見や中傷なども、一気に広まっていた。

「こんな名前を付ける親だから、まともな躾《しつけ》ができなかったんだ」

「ストーキングこそ真の愛ｗｗｗ」

「いや年齢差もヤバいだろ。二二歳のときに五歳に惚《ほ》れたって……」

そんなコメントを見ていると、蓮里はやるせない気持ちになる。

まるで、罪を犯した人間のことは、すべて否定しても構わないかのように。

名前も悪い。親も悪い。年の差のある恋愛も悪い。なぜなら、この人は罪を犯したから……。

犯罪者を叩《たた》くことは正義だから、と。

そんな歪んだ『正義』を見せつけられている気がする。

責められるべきは、ストーカー規制法違反の部分と、殺人未遂の部分だけなのに。

……もちろん、その部分だけでも、酷《ひど》いことをしているのは事実だけど。

「蓮里くん、またそのニュースを見てるんだね」

杠葉が、いつものように飄々とした感じで声を掛けてきた。

「そういう杠葉さんは、あれだけ力を入れておいて、もう興味はないんですか？」

つい刺々《とげとげ》しく返してしまった。この苛立《いらだ》ちは、ネット上のコメントに対するものなのに。

「興味はあるよ。それこそ、改名制度が悪用されたとも言える事件だからね。やりようによっては、公式の書面を使って、嘘を吐かないまま他人を騙《だま》すこともできる。今回は名前だけだったからそこまでやられなかったけれど、名字も名前も変更が認められるようなものだったら、完全な他人のなりすましもできるってことだからね」

「それも確かに問題ですけど——」蓮里は思わず不満げに、「これから、文彦さんはどうなるのかなって。ストーカーの弥生は逮捕されましたし、殺人未遂も加えられたので、そう出てくることはないでしょうけど、それでもいつかは出てくるわけで」

「大丈夫だよ」

杠葉は、そう断言する。

「大丈夫って、もしかして、さらに何か対策を取ってあるんですか？」

「私は取っていない。でも、あの二人が、勝手に最高の対策を作り出していただろう」

「あの二人って、文彦さんと内野警部補ですか？」

「ああ。というのも、あの二人、結構早い段階から本気で付き合っていたらしい。フリではなくてね」

「……は？」

思わず素っ頓狂《とんきょう》な声が漏れた。

見れば杠葉も、苦笑気味に微笑んでいる。

「恋人のフリをしている間、文彦さんは、自分が守られ続けていることが悔しかったらしい。それで、自分も強くなるために、瀬里花に柔道を教えてもらうんだと。そして将来の夢は、警察官になるんだと」

「はぁ」

「瀬里花も瀬里花で、自分を必要としてくれるのが嬉《うれ》しいんだと。昔から、あの子はそういう所があって、ちょっと危なっかしいんだよ。ダメな男に捕まるパターンだ」

……その性格を利用している筆頭が、杠葉さんなんじゃ？

そう思わなくはなかったけれど、わざわざ言わないでおく。

「あぁ。だからプライベートの日に佐藤弥生が襲ってきたのに、ちゃんと内野さんも一緒にいたんですね」

「そういうことだ。私たちにも秘密にして、それぞれ『用事がある』なんて言ってきていたが、要は、私たちの監視を抜きにして二人で会いたかったのさ。そんな状況であんな邪魔をされたんだ。余計に燃え上がったことだろうよ」

それを聞いて、蓮里は乾いた笑いが漏れていた。

「佐藤弥生が出所する頃には、いろんな意味で、付け入る隙が無くなってそうですね」

文彦の心には、佐藤弥生の入り込む余地なんて無く。

もし物理的に入り込もうにも、隣にはいつも瀬里花がいて、そして文彦自身も強くなっているだろうから。

ふと蓮里は、二人にプライベートの予定を変更してほしい旨を連絡した時のことを思い出した。

二人とも、付き合っていることは明言しなかったけれど、予定を潰《つぶ》されたことに対しての怒りようは凄《すさ》まじかった。

あの怒りの何割かは蓮里に向いていたけれど、佐藤弥生への怒りは比べ物にならないほど強かっただろう。

「蓮里くん、二人の間に挟まって、ウマに蹴られる覚悟はできているかな？」

どこか楽しげに、そんなことを言ってくる杠葉。

この人は、前々から二人が付き合っていたことを知っていたのだ。それでプライベートも一緒に居ることを知っていた。

その上で、昨日は蓮里をからかってきたというわけだ。

……この一日、僕がどれだけ胃を痛めたか！

蓮里はいろいろと不満を言い返してやりたかったけれど、それでも、杠葉のお陰で気分が楽になったところもある。

それは何より、今回のストーカー事件がしっかり解決まで導かれたからこそ。

その脱法的解決があったから、みんな無事で、笑っていられるんだ。

それを自覚しているのか、それとも純粋な自然体なのか。紅葉は、いつものように飄々《ひょうひょう》とした様子で笑みを浮かべている。

それを見ていて、蓮里は思わず一言言っていた。

「でも、今回、タダ働きになっちゃいましたね」

ガソリン代、高速代、それにゴルフ場代……出費だけが嵩《かさ》んでしまった。

そのうえ蓮里は、これから文彦と瀬里花に対して、二人の恋路の邪魔をしたお詫《わ》びをしにいかないといけないだろう。

完全なマイナス収支だ。

「……たまには、こういうこともある」

紅葉は、心なしか強がるように言った。

ただ、困ったことに……。

この事務所では、こういうタダ働きも、言うほど「たまに」ではないのだけど。

第四話　断固拒否する相続人

1

晴れ渡った青空と富士山《ふじさん》を、凪《なぎ》の河口湖《かわぐちこ》が鏡のように映し出していた。

手前に広がる英国風の庭園には、春の草花がカラフルな彩りを添えている。

そんな晴れやかな光景とは裏腹に、今、この応接間は暗く重い空気に満ち満ちていた。

「私は、びた一文も、この女にお父さんの財産が行くなんて許せない。たとえお父さんの遺言でも、こんなの従えないわ！　……種田《たねだ》。ねぇ種田。お父さんの遺産は、娘である私の物よね。それが相続っていうものよね？」

怒りを隠し切れない、甲高い女性の声が部屋に響く。

……傲慢《ごうまん》すぎる。

それが、蓮里の率直な感想だった。

一方、『この女』と呼ばれた側——種田美波《みなみ》は——

「そうですね。私も、吉雄《よしお》さんの財産が欲しいわけではありませんので。ここは千江子《ちえこ》さんのご希望通りにしていただければと思います」

おっとりと、穏やかな声。

諦観《ていかん》ではなく、皮肉でもない。心の底からこれが最善であると思っているかのよう。

……こっちはこっちで、謙虚すぎる。

蓮里は、思わず頭を抱えたくなる。

「それじゃあ決まりね。今回のお父さんの遺言には従わないで、ちゃんと法律に従った相続をするようにしましょう」

千江子が愉快そうに言った。

そして、一方の美波も、唯々諾々と頷《うなず》こうとしている。

……これじゃダメだ。

今回、遺言を遺《のこ》した人は、こんなことを望んでなんていない。

河口湖の不動産王――新開《しんかい》吉雄。

彼の遺産・総額八億一三〇〇万円の分配を決めた遺言書を、しっかりと実現させる。

一人娘の千江子にも、そして何より、家政婦の美波にも、十分な遺産を遺すため。そのために、杠葉と蓮里は、ここに来たのだから。

※

去年の春のことだった。

蓮里と杠葉は、河口湖にある新開吉雄の邸宅に向かっていた。

「本当に、急な話ですね」蓮里は、夜の中央自動車道でハンドルを握りながら、助手席の杠葉に声を掛けた。「さっき事務所に電話があったと思ったら、ものの数分で河口湖に向けて出発する羽目になるなんて」

「相談者がそれをお望みなんだ。少しでも早く遺言の相談がしたい、そして、応《こた》えてくれるのなら金に糸目は付けない、とね」

杠葉の声は、心なしか弾んでいる。話によれば、依頼の成否にかかわらず、相談料はもちろん交通費も実費で払ってもらえるらしい。

そんな美味《おい》しい話だったこともあって、先方から「今から来てほしい」と言われた杠葉は、「判りました」と即答していたのだ。

ゆずりは相続法律事務所は臨時休業だ。と言っても、あと二時間足らずで閉める時間ではあったのだけど。

依頼内容の詳細は不明――プライベートなことなので直接話したいのだと。とりあえず、遺言を遺したいのに困った状況にあるらしく、それを解決するための相談に乗ってほしい、ということらしい。

なんて強引な依頼者だろう……と思いつつ、そんな依頼を受ける方も大概だ。

それで振り回されるのは蓮里なのだから、堪《たま》ったものじゃない。

いつか、こんな無茶振りに慣れる日が来るのだろうか……むしろ慣れてしまっていいのだろうか。いっそ無茶振りなんてない環境を目指すべきなのでは……。

　そんな不安を抱きながらも、蓮里は安全運転を続ける。

「それにしても、河口湖の不動産王ですか。お金は持ってそうですけど。……でも、いざ着いてみたら、実は不動産王を騙《かた》る詐欺の電話で、この遠出も無駄足でした、なんてことにはならないですよね？」

「それは大丈夫だ。私は前に、新開氏と会ったことがあるし、テレビなんかで声も聞いたことがある。あの電話は、ちゃんと新開氏の声だった。まぁ、詐欺グループが御年八六歳の新開氏の声を真似ていたっていうなら、むしろその詐欺グループの正体を暴くのも楽しそうだ」

　前向きなのか、後ろ向きなのか判らない。むしろ斜め上を向いているかのような返答だった。それが実に杠葉らしい。

　依頼内容が判らない以上、車内の会話はとりとめのないものが続いた。

　そうこうしているうちに河口湖に到着した。すっかり日も落ちてしまっていて、富士山はおろか河口湖まで暗闇の向こうに隠されてしまい、まったく見えない。

　絶景の公園はもちろん、湖畔に建つ観光施設も軒並み閉まっている。旅館やホテルは明るかったが、その中で、河口湖の北側にある斜面にポツンと建つ一軒の館《やかた》が、特に明るく輝いていた。

　それが、新開邸だった。

駐車スペースに車を停めて、蓮里と杠葉は庭園の中に入っていく。

アーチや花壇を埋め尽くすように、色とりどりの季節の花が咲き乱れる、英国風の庭園。斜面を活用するように、色の重なりやグラデーションがとても映えていた。

そして、その奥には、純和風の平屋が建っている。瓦屋根《かわらやね》に、引き戸の玄関に、木と土の壁。

手前に広がるのは、英国風ガーデン。その奥には、日本家屋。

和洋折衷……と言えば聞こえはいいかもしれないけれど、蓮里には、家と庭のコンセプトがちぐはぐで、違和感が強かった。

「これは、凄《すご》いね」

杠葉が呟《つぶや》いた。それが皮肉なのか、それとも純粋な感嘆なのか、蓮里には判らない。

「お待ちしておりました。竜胆先生、緒本さん」

不意に声を掛けられたものだから、蓮里は小さく肩を跳ねさせてしまった。

アーチの陰から、ゆっくりと、老齢の女性が顔を覗《のぞ》かせていた。

「お二人とも、本日は吉雄さんの我儘《わがまま》にお付き合いいただき、ありがとうございます」

「いえいえ。我儘だなんて……」

蓮里は思わずそう返した。

……日頃から慣れていますから。

とは言えない。

ふと、女性がどこか楽しそうに、独り言のように呟いた。

「相続が専門の、竜胆杠葉先生……。とてもお似合いなのね」

蓮里はつい気になって、「それって、どういう意味ですか？」と聞いていた。

「あ、いいえ。こちらの話です」と、女性は誤魔化すように微笑んで、「それでは、主人の吉雄さんが中で待っておりますので、どうぞお入りください」

そう言って先に進んでいった。それを追うように、蓮里たちは玄関へ向かう。

蓮里は少し早足になって追い付きながら、ひとつ質問をした。

「あの、失礼ですが、あなたは新開吉雄さんとはどのようなご関係なのでしょうか？確か、配偶者は既に亡くなられていて、吉雄さんは法律上、独身のはずですが」

ここに来る前に、蓮里も少しだけ調べたのだけど、吉雄の妻は、娘を産んだ直後に亡くなっていて、それから吉雄は独身を貫いているはずだった。

両親は先の戦争で亡くなっていて、兄弟姉妹も無い。身寄りは一人娘の千江子のみ――厳密には、千江子の娘の亜希《あき》も居るけれど。

それは言い換えれば、推定相続人は娘の千江子ただ一人、ということになる。

「ああ。私ってば失礼しました。名乗ってもいませんでしたね――」

女性は困ったように微笑みながら、

「私は、この家の家政婦をしております、種田美波と申します。つまり、私と吉雄さんは、家政婦とその主人、という関係ですね。……ただ最近は、『家政婦』と呼んでしまうと、怒られてしまうんでしたっけ」

「あ、こちらこそ、不躾《ぶしつけ》な質問をしてしまって失礼しました」

「いえいえ。長年勤めていると、どうしても誤解をされがちですし。敢《あ》えて説明をしようとしましても、私たちは家族とも違いますし、もちろん恋愛感情もない、奇妙な縁です。きっと一番近い関係性は、『御恩と奉公』なのではないかと思います」

まるで鎌倉武士のようなことを言う美波。

それが冗談なのか本気なのか摑《つか》めないまま、蓮里たちは新開邸の応接間に通された。

外観だけでなく、内装もすべて純和風の造りだった。和室の応接間には、大きな切り株をスライスしたような和机が置かれ、その奥に、老齢の男性が鎮座していた。

彼が、新開吉雄だ。

細身ながら、チラリと見えている腕は筋肉質で、不動産王というよりは、大工の棟《とう》梁《りょう》という方がイメージに合いそうだった。

実際、不動産運営で成り上がるまでは、土木作業の現場でも働いていたらしい。

吉雄は、眼光鋭く杠葉と蓮里をねめつけてきた、かと思うと、

「よう来てくれたなぁ。いやぁ有り難い。面識のほとんどない人間だというのに、あんな急な呼び出しに応じてくれるとは思わなんだ」

と言ってのけて、豪快に笑っていた。

自分で要求しておいて、この言い草。

酷《ひど》い、と思うと同時に、なぜかそこに悪気を全く感じられず、蓮里もつられて笑いそうになっていた。

「ちょうどタイミングが良かったのです。急ぎの案件もありませんでしたから」

杠葉も杠葉で、急遽《きゅうきょ》予定を変更して詰め込んできたにもかかわらず、そんなことはおくびにも出さない。

蓮里は思わず、帰ってからの業務の忙しさを思って、心の中で溜息《ためいき》を漏らした。

「そう言ってもらえると安心だが、どうも連れの青年はウンザリしているようだな」

吉雄はそう言って微笑みながら、蓮里に鋭い視線を向けてきた。まるで心の奥を見透かされているような、揺るぎない目。

蓮里は思わず、しまったと視線を逸《そ》らしていた。それが余計に、内面をさらけ出す。

「気にしないでください。彼は常にこういう顔です」

杠葉が刺々《とげとげ》しくちくりと刺してきた。杠葉の気遣いを無意味にしてしまったのだから、この痛みは甘受しないといけないものだ。

「そうか。なら仕方ないな。そんな顔では苦労するだろうに」

吉雄も乗っかるように刺してくる。

……この二人、気が合いそうだなぁ。

蓮里は気を紛らわすように、そんなことを思った。

「まぁそこに座るといい。今、茶を用意させるからな——」

吉雄は向かいの座布団を示しながら、美波を振り返った。

「おい美波さん。先生方に茶を、そして私にはお代わりをな」

実に、『主人』らしい大仰な態度だった。

だけど、不思議なことに、蓮里はこれを聞いても嫌な気分にはならなかった。いつもなら、こんな抑圧的な命令口調をされると、他人事《ひとごと》でも息が苦しくなるのに。

その理由はすぐに判った。

「はいはい。先生方には、とびきりのお茶をご用意してますよ。……ですが吉雄さん、あなたにはお代わりはあげません」

美波は、ぴしゃりと言ってのけた。まるで主人に対する言葉とは思えない。

「なんだと？」

「どうせ、いつもみたいにこっそり梅干しを入れて飲むのでしょう？　お医者さまから塩分は控えるようにと言われているのに、お茶を飲むたびに新しい梅干しを入れて……。それでは塩水を飲んでいるようなものじゃないですか」

「せっかく客人が来ているというのに、ケチくさいことをするんじゃない」

「そうやってお客さんがいることを理由にするのも、良くないですよ。お客さんはお客さん、吉雄さんは吉雄さんですから。なので、白湯《さゆ》をお持ちしますね」

そう軽くあしらうようにして、美波は奥の部屋へと消えていった。

少し、気まずい空気が漂っている。

　これでは、主人と家政婦という主従関係ではなく、対等な関係――むしろ美波の方が主導権を握っているようにすら見えた。

「……ごほん」わざとらしく、吉雄が空咳《からせき》を一つ。「まったく、家の中では美波さんには敵《かな》わん。文字通りの家政婦――この家の 政《まつりごと》を 司《つかさど》っているご婦人だよ」

　そう皮肉交じりに、だけどとても愉快そうに、吉雄は笑った。

「美波さんとは、長い付き合いのようですね」

　杠葉が質問をする。というよりは確認をしているようなニュアンスだった。

「そうだな。出会いで言えば、彼女が生まれたときに、私も側に居たことになる。彼女の親の代から知っている仲だからな。ただ本人同士の付き合いで言えば、彼女が三〇代のとき……今から四〇年近くも前になるのか。……あのとき、よちよちと歩き始めたばかりだった彼女の娘も、今はもう母親になっているのだからなぁ」

　昔を懐かしむように、視線を宙に浮かせる吉雄。

「家族みたいな関係なんでしょうか？」

「いや、違うなぁ――」

　吉雄は、美波と同じように否定しながら、

「他人には誤解されているかもしれないが、妹とも娘とも違う。もちろん妻でもない。言うなれば、『恩返し』の相手だろうか――」

　やはり美波と同じようなことを言った。

「美波さんは、私にとって命の恩人の娘なのだ——」

吉雄は、手元にあった湯飲みを持って仰ごうとしたが、中が空だったことに気付いてすぐに下ろした。そのまま、話を続ける。

「私が幼いころ……戦後の混乱期だ。戦争で両親を失った私は、身寄りもなく故郷の河口湖に戻ってきた。そこで私を拾い、働く場所を与えてくれたのが、種田夫妻——美波さんのご両親だった。それがなければ、私はあのとき野垂れ死んでいただろう。それとも、盗みを働いて大人に殴り殺されていたか……」

それは、蓮里にとっては『火垂るの墓』などの物語でしか知らない話だった。それを経験してきた人が、目の前にいる。

「種田夫妻は、金や食事をくれたんじゃなく、金や食事を得るための働き口をくれたんだ。そこで私は、より多くの金や食事を得るために働いた。自分が生きるため、そしていつか種田夫妻に恩返しをするためにな——」

そう語る吉雄の眼は若々しく、ギラギラしているように感じた。

「当時は、復興と発展に向けた土木工事が日本全国で行われていて、私は、行ける範囲ならどこにでも駆けつけた。遠くに駆けつけるついでに農家の野菜や湖の魚を運搬したりして、駄賃も稼いだ。やることなすこと、何か仕事にならないかと考え続けていたなぁ。春夏秋冬、汗水を垂らしながら、奥さんが作ってくれた日の丸弁当を食って働き続けた。そうして、日本の土地が、不動産が、みるみる変わっていく様を間近に見ていた。

どう変わったのか、どう価値が増したのか、それを実感していたのだ」

「それが、不動産投資の目利きに役立ったんですね」

「そうだな。私は、勉強はからきしで、法律の話は詳しくないんだが、不動産をどう使えばいいかについては、誰にも負けないという自負と矜持《きょうじ》がある。こういう仕事の話は、何かしらインタビューでも話しているから、既に知っていることかもしれんな」

――恩人については、外部には話しておらんがな。

吉雄はそう小さく呟《つぶや》いて、胸に手を当てていた。

かと思うと、深く溜息を吐いた。

「そうして、ようやく金銭的にも、時間的にも余裕が出てきた頃のことだった。種田夫妻は、二人とも、事故で亡くなってしまったのだ。一人娘の美波さんは無事だったが、どこか遠くの親戚《しんせき》に引き取られ、音信不通になってしまった。だが四〇年前、美波さんが河口湖に戻ってきた。そのときの美波さんは、幼い娘を抱えた母子家庭だった。同情や憐憫《れんびん》の心が無かったとは言わん。ただ、これも何かの縁だと思い、この家の家政婦として働いてもらうことにしたのだ」

「種田夫妻に受けた恩を、娘の美波さんに返すために？」

「そう思っていたんだけどなぁ。今じゃあこうして、ジジイの世話を焼いてもらっているんだから、世話ぁないな」

吉雄は皮肉交じりに笑っていた。ただ、目元は嬉《うれ》しさを隠しきれていない。

　すると、美波が応接間に戻ってきた。杠葉と蓮里にお茶を配りながら、吉雄にも新しい湯飲みを渡す。梅干しの小皿も添えられて、白湯ではなくお茶が入っていた。

「どうせここで出さなくても、後でこっそりつまんでしまうのでしょう？　それでしたら、私の目の届くところで口にしてもらった方が、まだいいですもの。その分、お食事の方から塩分を引かせてもらいますからね」

「ああ、すまないねぇ美波さん。この恩は一生忘れんよ」

「はいはい。物覚えがよろしいことで。一生忘れない恩が幾つあることやら」

　美波は呆《あき》れたように言う。ただ、その表情は穏やかだった。

「先生方もどうだい？　種田家秘伝の梅干しは良いぞ」

「ちょっと、やめてくださいな。人様にお勧めするような物ではないですよ。農家の娘が、親から教えてもらって作っただけなんですから」

　そう謙遜《けんそん》しながらも、美波は嬉しそうだった。

　その顔を見たら、頂かずにはいられない。美波に人数分の梅干しを持ってきてもらって、蓮里もさっそく口にした。

「うっ……す」

　思わず声が漏れるほど、酸っぱかった。

　美味《おい》しいは美味しい。だけど、うま味だけでなく塩味も酸味も濃い。そのせいで、感想を言う声が出ない。

蓮里は、助けを求めるように杠葉を見た。

「……………」

杠葉は、無言のまま眉間《みけん》にしわを寄せて固まっていた。それどころか、蓮里に救いを求めるような瞳《ひとみ》で見返されてしまった。

こんな杠葉の顔は、見たことがない。

さすがに、こんな顔を相談者に見せ続けてしまうのは良くない。蓮里は懸命に声を振り絞って、

「すごく、酸っぱいです」

と、小学生みたいな感想を言った。

「これが、昔ながらの梅干しだ。保存もきくし、殺菌効果もある。弁当箱に一粒でも入れておけば、それだけで満杯の飯を食べつくしてしまうんだ。……今思えば、炎天下の土木工事なんか、この梅干しに命を助けられていたんだろうなぁ」

確かに、熱中症対策としては、水分だけでなく塩分も補給することが大事だと言われている。期せずして、日の丸弁当は熱中症予防にも役立っていたのだろう。

そういう意味でも、吉雄にとって種田夫妻は命の恩人なのかもしれない。

そんなことを思いながら、自然とみんな、お茶に手を伸ばして一服していた。

杠葉も、一気飲みするような勢いでお茶を流し込んでいた。まさか杠葉にこんな弱点があっただなんて。

みんなが湯飲みを置く、そのタイミングを見計らうように、吉雄が話を切り出した。

「今、私の身体は、ついに長年の無理がたたって止まろうとしている。私の内臓は、あと半年で働かなくなるつもりらしい。一年もてば奇跡だろうと。それだけではない。つい先日も、ふと目が覚めたら、病院のベッドに寝ていたのだ。すぐそこの湖畔を散歩していたときに、脳梗塞《のうこうそく》で倒れてしまったそうだ」

「そのときの記憶が、ないのですか？」

蓮里の問いに、吉雄はしかつめらしい表情をして、頷《うなず》いた。

すると、美波が補足をするように続けた。

「失っているのは、そのときの記憶だけではないのです。その直近に購入していた土地についても、なぜ買ったのか、何のために買ったのか、覚えていらっしゃらないそうなのです。ちょうど、吉雄さんが脳梗塞で倒れたときに、湖畔にあるその土地を見て回っていたようなのですが……」

「いやぁ。アレには参ったな。不動産で生きてきた人間が、まさか不動産について忘れてしまうとは思わなんだ——」

吉雄が冗談めかして、笑いながら言った。

「湖畔の土地と聞いたら綺麗《きれい》な景色を思い浮かべるかもしれんが、あの土地はダメだ。地面は泥と砂でぬかるんでいて、湖が増水したら底に沈んでしまう。建物はもちろん、駐車場にするような舗装もできないだろう。こんな土地にいったいどのような利用価値があるのやら、不動産王の私にも皆目見当が付かんよ」

自嘲《じちよう》するように、飄々《ひようひよう》と言ってのける吉雄。本心と冗談とが入り乱れているような複雑な感情が、まるで表情に出てしまったかのように、吉雄の視線は揺れ、頬が引き攣《つ》っていた。

「そんな土地を、買っていたというわけですか……」

「きっと、ボケてしまったんだろうなぁ――」

自虐的に笑う吉雄。美波は一瞬、そんな吉雄を咎《とが》めるように見つめ、そして、寂しそうに視線を落とした。

そんな美波を横目に、吉雄は話を続けた。

「先生方を呼んだのは、他でもない。半年後の死を控えて、遺言について相談をするために、呼び寄せたのだ」

吉雄の言葉に、蓮里も杠葉も居住まいを正す。

一方、美波は身を引くようにしながら応接間を出て行こうとした。

「美波さん。出て行く必要はない。この話は、美波さんにも関係していることだ。私は美波さんにも財産を遺《のこ》し……」

「いいんですよ、私は――」

吉雄の言葉を遮るように、美波が言う。

「千江子さんに、すべて遺してあげてくださいな」

「アレには十分な財産をくれてやる。その上で、私は美波さんにも……」

「きっと千江子さんは、全財産を遺してほしいと思っていらっしゃると思いますよ」

「それはそうだろう。アイツはそういう奴だ――」

吉雄は吐き捨てるように言った。

「最近も、政府の経済政策が失敗したせいで借金を背負ったとか言って、私に金を借りようとしてきたからな。同時期、私はきちんと利益を出しているというのに、何が政府のせいだ。定職に就かずに私の真似事をして、私のコネを利用しながら投資の範囲を広げ、それでも成果と呼べるものは何もない。観光地付近の駐車場収入で食いつないでいるだけだ」

「千江子さんは、それだけお金が必要なんですよ。私は別に、お金は必要ありませんもの。老後の分も、ここでしっかり稼がせてもらいましたし」

「私が生きていれば、もっと貰《もら》えたはずだ。私が死んだせいで貰える給与がなくなるというのは、理不尽だろう」

「もしかしたら、千江子さんが引き続き雇ってくださるかもしれませんし」

「ありえん」

吉雄は即答し、美波も困ったように頷いた。

そして美波は、吉雄の呼び止めも聞かず、応接間から去っていった。

「これが、私の関係者らの現状だ」

吉雄は、自嘲するように呟《つぶや》いた。

それを補足するように、杠葉が話す。

「つまり、吉雄さんとしては、家政婦の美波さんに財産を遺したいと考えている。ですが、肝心の美波さん自身、そもそも遺産を受け取る気がまったく無い。それに加えて、唯一の相続人に当たる娘の千江子さんは、全財産の相続を望んでいる、と？」

「そういうことだ――」

吉雄は、苦々しく声を絞り出した。

「これまで幾人か、知り合いの弁護士にも相談をしてみた。だが、誰も満足できる解決策を提示することはできなかった。相続財産を隠蔽《いんぺい》するだとか、こっそり宝石にしてポケットに忍ばせるとか、犯罪まがいの話が出てくる始末よ……」

呆れたように、どこか諦《あきら》めたように、吉雄は溜息《ためいき》を交じらせる。

「せめて、ほんの三〇万円でいいのだ。それを美波さんが受け取ってくれて、そして千江子が我慢してくれれば、それで……」

新開吉雄の財産は、総額八億円と言われている。その多くが不動産だが、マンションの家賃や駐車場代など、不動産に関する月々の収入だけでも数百万は下らない。

そんな人が、三〇万円に対して強く固執しているのは、不思議に思えた。

「その三〇万円という額には、どのような意味があるのですか？」

蓮里が聞くと、吉雄は一口お茶を飲んでから、口を開いた。

「美波さんに渡している給与の額だ。こちらはそれ以上払いたいというのに、彼女は頑として受け取らん。だからこそ、私が死んだとき、この最後の給与だけは払いたいのだ。できることなら、美波さんが亡くなるまで毎月三〇万円を払い続けたい。それが無理だとしても、せめて一回だけは払いたいのだ。たとえいくら掛かるとしても、この三〇万円にはそれほどの価値がある」

吉雄は、決意を込めたように杠葉と蓮里を見つめてきた。

いくら掛かっても、三〇万円を遺す……。

この話を単純に聞いていたら、とても非合理的で、まるで正常な判断ができていないようにすら思えてしまうかもしれない。それこそ八六歳の人が語ったら——しかも脳梗塞の経験があることから、認知症を疑われてしまいそうな話だった。

だけど、目の前でその話を聞かされた蓮里は、この熱意に心が動かされ、吉雄の希望を叶《かな》えたくなっていた。

といっても、自分にはいい案なんて思いつかない。

それでも、杠葉なら、何とかしてくれるかもしれない。そんな期待を向ける。

「竜胆先生。本件の場合、もし単純に、美波さんへ財産を遺贈する旨の遺言書を作成したとしても、それを『無視』される危険がありますよね？」

「確かに、緒本くんの言う通りですね——」

杠葉は、仕事モードの口調になる。

「仮に遺言書を作成したとしても、その遺言の利害関係者全員の合意があれば、遺言とは異なる相続をすることも許されます。つまり本件の場合、千江子さんと美波さんが話し合いをして『合意』した場合には、遺言書が無視されることになります」

「……話し合い、ねぇ」

吉雄が皮肉交じりに口角を上げていた。きっとその『話し合い』は、威圧的で、一方的なものになるのだろう。

「あの、たとえば……」蓮里は、ふと思いついた案を話す。「相続や遺贈にするのではなく、生前贈与で美波さんに財産を渡す、というのは……」

「緒本くん。贈与契約の成立要件を思い浮かべてみてごらん。民法五四九条だ」

「え？　……あ」

杠葉に指摘されて、気付いた。

「贈与契約は、一方当事者が『贈与する』旨の意思表示をして、もう一方が『受諾』することで、成立する……」

「そういうことです。本件では、美波さんが贈与の受諾をしない以上、贈与契約は成立しないのです」

「遺贈なら、贈与とは違って、財産を与える側の一方的な意思表示でも成立するんですね」

「そうです。だからこそ本件は、遺贈として何ができるかを探る必要があるわけです。

にするような……」

美波さんが受け取ることを拒否することなく、かつ、千江子さんには気付かれないよう
「あるいは、気付かれても見向きもされないような、粗末な物を遺すとか。それこそ、評価額が三〇万円の土地を遺すとか……」

蓮里は、愚にもつかないようなことを呟いていた。

すると、ふいに杠葉がキッと睨《にら》みつけるように蓮里を見てきた。

「あ、いや、そんな物を遺したって、却《かえ》って迷惑になっちゃいますよね。不動産なんて維持管理も大変ですし、それで三〇万円以上の負担が掛かったら本末転倒ですし」

蓮里は慌てて、自分の主張を誤魔化すように苦笑した。

それでも、杠葉は険しい表情のまま固まっていた。

「……あの、竜胆先生？　僕、何かまずいことを言ってしまいました？」

蓮里が心配になって聞くと、杠葉は首を横に振る。

「むしろ、面白いことを言ってくれたよ。お陰でいい発想の転換ができた」

「え？　ということは、もしかして……」

「今回の案件、解決策を思い付いたよ」

杠葉は、力強く頷《うなず》きながら言った。

「ど、どういう策だ？　上手《うま》くいくのか？　失敗は許されないのだぞ」

吉雄が喰《く》らいつくように聞いていた。

杠葉は、そんな吉雄を軽くいなしながら、蓮里のことを見る。

「それを話すには、蓮里くんにも席を外してもらおうか」

「え？　僕もですか？」

「蓮里くんには、美波さんのことを見ていてもらいたい。先に策が知られてしまったら、美波さんも妨害をしてくる可能性がある。そこで蓮里くんは、外でも散歩しながら、この話が美波さんに聞かれないようにしていてほしいというわけだ」

「なるほど。そういうことでしたら、解りました」

蓮里はさっそく立ち上がった。法律相談では役に立てなくても、こういった地道な裏方作業が、間接的に遺言執行を成功させることに繋《つな》がったりするのだ。

意気揚々と応接間を出ていく蓮里の背中に、杠葉の声が届く。

「本音を言えば、蓮里くんは嘘や隠し事が下手だから、知られたくないだけなんだ」

「……そういう本音は、本人に聞こえない所で言ってください」

蓮里は愚痴をこぼしながらも、杠葉に言われた通り、美波を外の散歩に誘って、法律相談が終わるのを待った。

この英国風ガーデンの世話をしているのは、美波だという。夜の庭、ライトアップされた草花の間を、軽い足取りで歩いていく。

「昔から花が好きで、たくさんの花に囲まれた家に住むのが夢だったんです。それがまさか、自分の家ではなくて、こんな素晴らしい家でできるなんて」

「英国風にしたのは、美波さんなんですか？」

「英国風なんて言うけれど、私はそんなの判りません。でもきっと、昔読んだ絵本の世界に憧《あこが》れていたんだと思います。私の好きな要素を入れていたら、自然と、こんな庭になっていたんですよ」

そう言う美波は楽しげで、そして誇らしげでもあった。

「僕だったら、美味《おい》しい実のなる木ばかりを植えてしまいそうです」

「あら。ここにもそういう木はたくさんあるんですよ。モモにリンゴにザクロにビワ、そしてもちろん、ウメの木も。花の楽しみ方はいろいろありますからね」

「それは確かに。いろいろ楽しまないと損ですね」

蓮里と美波は、いたずらっぽく笑った。

「他に、私は花言葉も好きなんです。色々な人たちが決めているので諸説あるのですが……。ザクロの花言葉は『子孫の守護』、ウメの花言葉は『高潔』や『約束を守る』というものもあります」

「なるほど。そういう楽しみ方もあるんですね。もしかして、この庭も花言葉を考慮しながら植えていったんですか？」

「いいえ。そこまで深く考えてなんていませんよ。ただ単純に、この季節にこの花が咲いていたら綺麗《きれい》だなぁって、そう思っていただけです」

美波は愉快そうに笑ったが、ふと、その表情に陰りが見られた。

「……せめて、あと一回ずつ。吉雄さんと楽しむことができたら、嬉《うれ》しいです」

吉雄の身体は、一年もったら奇跡だと言われている。季節の果実が一巡りするまで、もつのかどうか。

蓮里は、無責任なことを言うことができず、黙ってしまった。

すると、法律相談を終えたのだろう、応接間の窓が開けられて、杠葉と吉雄が顔を出した。

美波の手前、詳しく話を聞くことはできない。だけど、二人とも満足げに微笑んでいる。それだけで、蓮里も思わず安堵《あんど》して、釣られるように微笑んでいた。

きっと大丈夫だ、と。

2

この日、蓮里と杠葉は、約一年ぶりに新開邸を訪ねようとしていた。

今朝、新開吉雄の訃報《ふほう》を受けたのだ。

そして、娘の千江子の希望により、その日の内に河口湖まで来てほしいと言われた。相続について話を聞きたいと。

天王洲アイルの事務所を出発し、中央自動車道を走って一路西。大月《おおつき》ジャンクションを南下して、リニアの実験線路をくぐると、中央自動車道は右にカーブしていく。

そこで一気に視界が開けた、と同時に、正面に富士山が聳《そび》え立っているのが見えた。一年前にここを通ったときは、既に日が沈んでいて何も見えなかった。こんな場所に、こんな富士山が聳えていたなんて。

空の青に、冠雪の白が良く映えている。まだいくつか山を越えた先にあるものの、その存在感は強烈だった。東京からも富士山が見えることはあるけれど、当然ながら迫力が違いすぎる。

「これが、山梨の富士山……」

蓮里は、車を運転しながら思わず呟《つぶや》いていた。

すると、助手席に座っていた杠葉が、苦笑交じりに言った。

「蓮里くん。きみは静岡県民を敵に回すつもりかい？　山梨と静岡の県境に聳える富士山を、『山梨の』だと断言してしまうなんて……」

「あ、いや、そんなつもりで言ったんじゃないですよ――」蓮里は思わず慌てながら、「山梨側から見た富士山、っていう意味で言っただけですってば」

「もちろん判っているよ――」杠葉はいたずらっぽく微笑むと、「山は、得てして境界線としての役割を担いがちだ。そんな山の所有権を巡って争い始めてしまったら、決着がつくわけもない」

確かにそうだ。

山を越えれば別の村、川を越えれば別の県、などというように、人間が簡単に越えられないような地形は、そのまま行政区画の境界線にもなっていることが多い。世界的に見れば、それが国境になっていることもある。

「でも、実際問題として、富士山ってどっちの県に属してるんでしょうか。それこそ頂上はどっち側にあるのか、とか」

そう話を振りながら、まるで相続問題だ、と蓮里は思った。

被相続人の財産という、一つの山。その所有権を綺麗に分けることができれば、争いは起きなくて済む……と言い切れるかというと、そういうわけでもないのだけど。

仮に「綺麗に半分」にしたとしても、一方から「自分の方が、より多くもらうべきだ」と主張されれば、他方もそうはさせないと反論することになり、争いが起きてしまうのだから。

「富士山の頂上付近は、それこそ脱法的な解決がされている」

「脱法的な解決、ですか？」

杠葉は愉快そうに頷いた。

「富士山の頂上は、八合目以上を『浅間大社《せんげんたいしゃ》の私有地』として、山梨県にも静岡県にも属さない、としているんだ」

「へぇ。神社が所有しているんですね。だから、県の所有権が及ばなくなって……」

と納得しかけて、蓮里はふと疑問に思った。

「でも、神社が所有していると言ったって、それとは別に、『住所』としてどこの県に属しているかっていうのはあるはずですよね。所有権者が誰なのかという話と、土地の所在がどこなのかという話は、別の問題なんですから」

「厳密に言えば、そうなる――」と杠葉も肯定しながら、「だが、富士山の頂上では、そこを厳密にせず、曖昧《あいまい》なままにしているんだ。明確に決めようとしたら争いになってしまう――だから明確に決めないようにしよう、と」

「……なるほど。ある意味、合理的ですね」

蓮里は呟きながら、目の前に聳える富士山を見た。

五月中旬の富士山。山頂付近はまだ真っ白な雪を被《かぶ》っている。それこそ、小学生がイメージするような富士山のかたちそのままに。

「もう一つ、富士山を舞台として、脱法的な解決をしている事例がある――」

そう語る杠葉は、どこか子供のようにはしゃいでいるようにも見えた。むしろ『脱法』を楽しんでいるような……と言うと語弊があるけれど。

「近年、富士山の登山者が急増したせいで環境が荒れてしまったから、入山規制をする、という話があった。登山道にゲートを作って、入山料を徴収しながら、人数制限を掛けると」

「ああ、はい。御来光だとかパワースポットだとか日本の象徴だとかで、オーバーツーリズムが問題になっているんですよね。それで、世界遺産に相応《ふさわ》しくないようなゴミ問題が発生しているとか」

「このゲートの設置こそ、脱法的な解決策が講じられているんだ」

「え？　ゲートを作ったことが、脱法的なんですか？　でも、入山規制のゲートって、他の山に普通に設置されているのを見たことがありますけど」

蓮里が疑問を向けると、杠葉は理路整然と説明を始めた。

「今回のゲートは、山梨県側にある『吉田《よしだ》ルート』に設置されている。この吉田ルートは、法律上は山梨県の県道だ。そして、こういう公道は、本来、自由な往来を保障すべきものであって、ゲートのような障害物を設置することは法律上できないことになっている」

「それじゃあ、法律を改正しないといけないんじゃ……」

と言いかけて、これが『脱法的解決』の話だということを思いだした。

「そこで、発想の転換をした。というのも、吉田ルートの登山道は、複数の県道が繋《つな》がっているのだけど、その内の一つの県道が、『五合目を始点とする』と指定されていただけで、『五合目のどの地点から』までは特定されていなかった。そこで、県道の開始地点をズラすことで、『県道ではない、県所有のスペース』を作り出した」

「そこにゲートを設置したんですか！　法的に県道ではないから、障害物を設置することも許される、と」

「そういうことだ。県は、そこに『施設』を作ることにして、その施設の建造物としてゲートを設置した、というわけだ」

「はぁ……」

蓮里は、思わず感嘆したように溜息《ためいき》を漏らして、

「杠葉さんみたいなことを考える人が、他にもいるんですねぇ」

「誉め言葉として受け取っておくよ」

杠葉は自嘲《じちょう》するように苦笑していた。

蓮里は誤魔化すように、話を切り替える。

「富士山に関する脱法的解決が、相続の解釈にも応用できないかな、とも思ったんですけど、どうなんでしょう？」

「うん？　それって、相続財産が誰に帰属するのか曖昧なままにするってこと？　さすがに、所有権の帰属を曖昧にしたまま相続を進めることはできないだろうね」

「争いのある財産を、ひとまず共有にすることで、争いを避けるとか……」

「それは避けるんじゃなくて、先延ばしにしているだけだ。余計に争いのもとになる」

「ですよね」

共有財産の管理をするにしても、処分をするにしても、逐一争いの種が蒔《ま》かれているようなものだ。

「私も、関係者全員が納得できるような相続にしようなんて思っていない。あくまで、私の依頼者の意思に沿うように、そして私の正義と良心に従って、最適な結論へ至ろうとしているだけだ」

そう誇らしげに語る杠葉。

「……杠葉さんは、正義と良心に従ってても、法律には従ってない気もしますけど」

「失礼な――」

杠葉はおかしそうに笑って、

「たとえ脱法的な手段をとったとしても、決して違法な手段はとらないよ」

そう堂々と言い放った。


車は順調に進み、富士山が大きくなってきた。東京にいても富士山は見慣れているとはいえ、こうして近くまで来てみると、改めて富士山の雄大さを実感する。

その手前には、富士急ハイランドのアトラクションが張り巡らされていた。ちらりと見えた駐車場には、平日だというのに多くの車が停められている。あのアトラクションから眺める日本一の富士山は、きっと格別だろう。

高校も大学も縁が無かった蓮里にとっては、遊園地はもっと縁遠い場所だ。家族の縁すら、遠かったのだから。

蓮里は視線を戻して、運転に集中する。

河口湖インターチェンジで高速道路を降りて、一般道を西に――河口湖方面へ向かう。

道路脇には、ファミレスの代わりなのか、山梨名物ほうとうの店が並んでいた。

しばらく走っていくと、ふと、蓮里の視界に見慣れない看板が入ってきた。

正確に言うと、見慣れたデザインをしている——コンビニのローソンの看板だ——だけどそれは、見慣れない色をしていた。

そのローソンの看板は、青色ではなく、茶色だった。

「この辺りって、ローソンが茶色なんですね」

前回来たときは、そんなところもまったく見ていなかった。

「河口湖の周辺は、国立公園に指定されていることもあって、景観規制が掛けられているんだ。ローソンだけじゃなくてセブン-イレブンも茶色くなっているし、ガソリンスタンドなんかも茶色くなっている」

「へぇ。京都の景観規制は知ってたんですけど、この辺りもそうなんですね」

「だから、この辺りでは、道路の上にある交通案内の青看板も茶色いんだ」

「へぇ、そうなんですか」

蓮里は、つい楽しみになって、交通案内の看板が出てくることを期待した。

青かった。

どこにでもある普通の青看板だった。

蓮里は思わず杠葉に非難の視線を送る。

「どうして、嘘をついたんですか」

「まぁまぁ。私の言葉だけで物事の真偽を判断してはいけない、という教訓だよ——」

杠葉は、相変わらず飄々《ひょうひょう》とした様子だ。

「蓮里くんにとって、きっと私は信用に足る人物なのだろう。だけど、その信用に足る人物が、嘘をつかないとは限らない。『物事の真実性』と、『発言者の信用性』とは、まったく別の話なんだから」

「そんなもっともらしいことを言って……はあぁ」

蓮里は聞こえよがしに大きな溜息をついた。

からかわれて腹立たしい。だけど本当に、言っていることは為になることなのだ。

今後はきっと、『証言の信用性』や『証拠採用の可否』の論点が出てくる度に、今日のことを思い出すことになるのだろう。きっと……いや絶対に忘れないだろう。

「景観といえば――」

と、杠葉が話を繋げてきた。

「最近、あの富士山を特定の絶景スポットで写真撮影したいからって、道路が混雑して混乱しているのが問題になっているね」

「僕もニュースで見ました。コンビニと富士山をセットにした構図で、『日本らしい風景』だって海外の観光客に大人気だとか」

そのニュースでは、観光客が道路にはみ出しながら写真撮影をしたり、こっそり一部のツアーに組み込まれていたせいで大型バスまで押し寄せてきたりしている、という問題を取り上げていた。

そして、その解決策として、ベストスポットの歩道に黒い幕を立てて、富士山が見えないように風景を遮断したのだと。

「ああいうのって、ベストスポットからの撮影をするのに、入場料とか場所代とか取れないんでしょうかね？」

……もっとも、その黒幕に穴があけられてしまって、効果はいま一つだとか。

蓮里は、つい刺々《とげとげ》しくなった声で聞いていた。

「難しいだろうね。そういうのを取り始めたら、別の無料スポットに人が集まるだけだ。幸か不幸か、富士山とコンビニが一緒に撮れるスポットはいくらでもあるからね」

「それじゃあ、警察が取り締まるとか……っていうのも難しいんですよね」

「そうだね。公道で起きた案件なら道交法、私有地で起きたなら不法侵入での取り締まりはできなくはないだろう。だけど、たとえばコンビニの駐車場が現場になっていたりすると、そういう商業施設は本質的に人々の自由な行き来を想定している分、短絡的に取り締まりをするわけにもいかなくなる」

「ですよね……。司法試験でも、『商業施設や公共施設における、不法侵入の成否』は重要な論点の一つですし」

「そう。論点になるということは、『答えは一つではない』ということでもある。そういう問題に対して明確な解決策を打ち出すことは、極めて困難だ」

確かに、学説の中でも、どのような要件があったら不法侵入に該当するのか、という点には諸説ある。

それに加えて、どのような事実があったら、その要件に当てはまっていると言えるのかについても、人によって違っている。

たとえば『盗撮のため』など犯罪のために施設に入ってきた人は、不法な侵入と認定されることになるだろう。明確に犯罪の意図があって入ってきた場合は、施設の本来の利用目的からかけ離れているのだから。

だけど、単に『風景の撮影のため』に施設に入って、その行動が他の利用者の邪魔になっているというくらいでは、不法な侵入というのは難しい気がする。厳密に言えば、コンビニなどは風景の撮影を目的にした場所ではないけれど、あまり厳格に考えすぎると、トイレを借りるための来店も『目的外』になってしまう。

それに、これらはすべて、蓮里だったらそう考える、という話でしかない。他の利用者の邪魔をしているだけで不法な侵入だ、と考える人も居るかもしれない。

そんな様々な価値観を持った人たち全員が納得できるような解決策を作ることは、事実上不可能だろう。

「私からしてみれば、他人と同じ場所に行って、他人と同じ写真を撮る気持ちは、まったく共感できないね」

「それは――」

杠葉さんが、人と同じことをしないような変わり者だからですよ。

とは言わないでおく。

正直、蓮里も同意見ではあったから。

「それだけ、富士山が好かれているっていうことでもあるんじゃないですか」

蓮里は本音を口走らないよう、つい適当なことを言っていた。

「そんなことが、あってたまるか――」

杠葉は唾棄《だき》するように言った。

「本当に富士山のことが好きなら、その富士山を見るために、他人に迷惑なんてかけないだろうよ。それで黒幕を立てられて見えなくされているんだから、本末転倒だ」

「ごもっともです……」

その話を聞いて、蓮里は、いわゆる『撮り鉄』――電車を撮影するファンのことも頭に浮かんだ。

電車が好きだと言っておきながら、線路に侵入したり周囲の土地に侵入したり、挙句の果てには、写真の構図の邪魔になるからと、木を切ったり作物を抜いたりしている者がいる。そうやって鉄道会社にも迷惑をかけている人間が、いくら「電車が好き」と言っていたところで、あまりの言動不一致に辟易《へきえき》する。

杠葉は溜息《ためいき》交じりに話を続けた。

「この日本では、『富士山が見える』という事実には価値がある。それこそ、付近のホテルでは『富士山ビュー』が売りになっていて、ちょっと料金を上げても需要がある。せっかく富士山の近くに来たのだから、富士山の見える部屋に泊まりたい、と」

「確かに、それならちょっとくらい値上がりしても払いたくなりますね」

「ただ、『富士山を見ることができる権利』みたいなものが法的に保障されるかというと、それは難しいだろう。たとえば、目前に新しくマンションが建ったせいで富士山が見えなくなったとしても、それに対して損害賠償請求が成立するかと言われると、非常に厳しい。一応、そういう請求が認められている事例もあるけど、例外的だ」

「あるにはあるんですね。認められた事例」

　蓮里は、その例外の方が気になった。杠葉と一緒にいると、つい『例外』だとか『特別な事情』だとか言われるモノに気が引っ張られてしまう。

　そうやって、法律の笊《ざる》から抜け落ちてしまった例外的で特別な人たちを救うのが、杠葉なのだから。

　そして自分も、そういう弁護士になりたいのだから。

「たとえば、『富士山が見える』という事実を売りにしてマンションを宣伝しておきながら、その隣に同じ会社が新しくマンションを建てて富士山を見えなくした、というような事例だと、損害賠償が認められているね」

「……なんか、そこまでいくと、ほとんど詐欺みたいなものですね」

「相手を裏切っていることには違いない。いわば、『景色が良い』という評価が単なる宣伝文句ではなく、契約の要素になっていると言えるから、その要素を覆すようなことをするのは契約違反になる、という理屈だ」

「なるほど……。じゃあ、その理屈でいうと、まったく別の会社が目前にマンションを建てても、契約違反にはならないから、損害賠償請求は認められないんですね」

「現在の判例法理によれば、そうなるね――」

杠葉は頷《うなず》きながらも、

「まぁ、私に依頼が来たとしたら、何とかして認めさせてみせるけど」

と自信ありげに言い切っていた。

そう言われると、確かに、杠葉なら何とかしてくれそうな気になってくる。

……いやいや。杠葉さんがそう言ってるからって、安易に信じちゃいけないって、さっき話したばかりじゃないか。

蓮里は、そんな自分の単純さに苦笑が漏れた。

3

河口湖の北岸沿いの道から少し高台に上ったところに、新開吉雄の邸宅はある。

一年ぶりに見る、和洋が入り乱れた新開邸。昼間に見るのは初めてだ。

以前は綺麗《きれい》に整えられていた英国風のガーデンだったが、今日の庭園は、伸びきった枝葉が道にかかっていたりして、見た目はカラフルで華やかに見えても、ひどく煩雑な印象を受ける。

管理が行き届いていない――行き届かなくなった。

それが、主《あるじ》の不在を如実に表しているようで、物悲しかった。

「ここは、いい眺めだね――」

紅葉の声に蓮里が振り返ると、紅葉は、この庭から湖の方を――河口湖越しの富士山を――見つめていた。

「この庭のサクラと一緒に撮ったりしても、いいかもしれないね」

「いいですね。一般人には知られていないし、侵入することもできないフォトスポットですよ」

「ああ、だけど、富士山を一緒に撮るのは難しそうだ」

「そうですか？　ここからならちゃんと画角に入ると思いますけど……」

言いながら、蓮里は良さそうな位置を探るように歩いていって――「あっ」――思わず声が漏れた。

……なるほど、コレじゃあ富士山を撮るのは難しい。

というのも、この庭のすぐ隣の土地から、背の高い木が枝葉を伸ばしているせいで、富士山も河口湖も半分以上が隠れてしまっていたのだ。これほどの被《かぶ》り方をしていると、もし葉の落ちた冬に来たとしても、枝が邪魔をしていることだろう。

「これは、『富士山を見る権利』が侵害されてますね」

思わず蓮里が冗談めかして言うと、

「よし、我々の『富士山を見る権利』に基づいて、権利侵害をしているあの木を切ってしまおう」

杠葉も冗談めかして言ってきた。

もちろん、あの木は他人の土地に生えている木なのだから、こちらの勝手で切ることなんてできない。それこそ不法侵入で――そして器物損壊で――捕まってしまう。

「とりあえず、無駄話はこれくらいにして行きましょう」

蓮里が先に歩き出すと、杠葉は不満げな声を出した。

「まるきり無駄ってことはないよ。今回の一件も、『富士山を見る権利』は重要なファクターになっているだろう」

「え？　そうなんですか？」

「あぁ、そうか。蓮里くんにはまだ具体的な方法を話していなかったんだっけ」

「そうですよ。僕に話したら秘密がバレるとか言って、教えてもらってないんです」

蓮里が不満を露《あら》わにして抗議するも、杠葉は飄々《ひょうひょう》としている。

「それじゃあ、今のはヒントだ。富士山が見えるということが、今回の相続を成功させるカギになっている。まぁ、これ以上は、新開家の人々を交えて、詳しく語っていくことにしよう。今はとりあえず、家の中に入った方が良さそうだ」

言いながら、杠葉は小さく頭を揺らすように、顎《あご》で家の方を指した。

蓮里が家の方に視線を送る。すると家の窓から、複数の人間がこちらを見つめていることに気付いた。

中年の女性と男性が並んで立ち、そして、その隙間から覗《のぞ》き込むように、若い女性が立っている。その三人が、揃ってこちらを見つめていた。

吉雄の娘の千江子と、その夫の昴《すばる》、そして二人の娘の亜希だ。

蓮里は改めて、前もって調べておいた情報を軽く確認した。

吉雄の一人娘・千江子。五七歳。普段は甲府《こうふ》市内に住み、同市内でアパートや駐車場などの不動産運用をしている。

千江子の夫・昴。五五歳。甲府市内の会社に勤めるサラリーマン。ちなみに、姓は妻方の『新開』を名乗っている。養子縁組を伴ういわゆる入婿ではなく、妻方の姓を名乗っているだけなので、世帯主は昴。

千江子と昴の一人娘・亜希。二八歳。独身・実家暮らしで、母親の千江子と共に不動産運用をしている。

そんな彼女たちの視線が、無遠慮に、蓮里たちに向けられていた。

見つめていると言うより、睨《にら》んでいる。警戒とも違う。明らかな、敵意だ。

弁護士が訪ねてきたということ、その弁護士が吉雄の遺言書を持ってきているということ、その事実が意味していることは、法律の素人でも判るだろう。

つまり、法律に定められた通りの相続は行われない、ということだ。

千江子たちにとってみれば、本来、千江子が吉雄にとって唯一の肉親で、八億円にもなる資産家の財産を総取りできるはずの立場にあった。そのはずだったのに、遺言で特殊な相続が行われたら、それが叶《かな》わなくなるということ。

それが、千江子たちにとって、許せないのだろう。

「蓮里くん、行くよ」

声を掛けられて、蓮里は自分の足が止まってしまっていたことに気付いた。自分に直接向けられる敵意に、蓮里は怖気《おじけ》づいてしまっていたようだ。

人よりも一段と感受性が強い——人の顔色を必要以上に窺《うかが》ってしまう——そんな蓮里にとって、剝《む》き出しの敵意ほど苦しいものはない。

「大丈夫——」

杠葉が声をかける。いつものように飄々と、ただ心持ち優しげな声で、

「私の作った遺言書は、絶対に依頼者を満足させる。必ず、私たちが勝つよ」

そう断言していた。

いつもながら、まったく揺らぐことのない杠葉。まるでドラマに出てきそうなセリフでも、杠葉が言うと現実的な説得力がある。

「……まったく」蓮里は思わず苦笑する。「弁護士たるもの、結果が判らない段階で勝利を断言したらダメじゃないですか」

いつものように、杠葉の職務基本規程違反をからかうように言った。

「それだけ言えれば、大丈夫だ」

紅葉は小さく口角を上げて、改めて玄関の方へ歩き出した。

今度は、蓮里もすぐ後をついていく。

新開邸の玄関の前には、美波が既に立って待っていた。エンジン音を聞いて出てきたのだろうか。以前よりも、心なしか痩《や》せているように見える。

「竜胆先生、緒本さん。遠い所、御足労をお掛けいたしました。どうぞお入りくださいませ。……と言っても、ここは私の家ではないのですけど」

そう冗談めかしたように微笑む美波。ただ、その微笑みは、失敗していた。

私の家ではない。それは確かに事実なのだけど、以前は自然に「お入りください」と言っていたはずだ。それが、今はもう、言えなくなっている。

それは、この家の主人で雇い主だった吉雄が亡くなったから、ということだけが理由ではないだろう。まるで、この家との関係性がすべて無くなってしまったかのような、寂しげな雰囲気。

そんな雰囲気を突き破るように、不意に女性の声が奥から響いた。

「ふん。ようやく弁護士先生が来たみたいね。種田、あなたがこの相続を利用して、私たち一家からどれだけお金を奪い取ろうとしているのか、楽しみにしているわよ」

客人がいるにもかかわらず、刺々《とげとげ》しさを隠すことなく美波を責める声。廊下の奥に、中年の女性が立っていた。吉雄の一人娘・千江子だ。

「ち、千江子さん。私はそんなつもりはまったく……」

「どの口が言うのかしら――」

千江子は美波の言葉を遮るように、

「お父さんの恩人の娘だとか言うけれど、だからって、資産家の家政婦の座に転がり込んで、碌《ろく》な仕事もしないのに月三〇万円も貰《もら》い続けて、挙句、最後に遺産まで奪っていく。お仲間の弁護士まで連れてきて、私たちを言い負かすつもりかもしれないけど、そうはいかないわよ。そっちが争うつもりなら、こっちもとことん争ってやるんだから」

そう一方的に言い放つと、床が軋《きし》むほど力強い歩みで、再び奥へと消えていった。

蓮里は、思わず呆気《あっけ》にとられながら、その様子を見つめることしかできなかった。

理不尽にも程がある。

勝手に決めつけて、反論も無視して、そして思い込んだままに侮辱する……。

まったく話が通じそうにない。

ただ、幸か不幸か、杠葉と一緒に仕事をしていると、こういう人と関わることは結構ある。とりわけ相続問題は、多額の財産を纏《まと》めて扱うことが多い。しかも、それが『死』という偶発的な出来事によって自然と舞い込んでくる。そのせいか、剝き出しの欲望を見せつけられることも多くなるのかもしれない。

だから、慣れている……とまでは言えないけれど、堪《こら》えることはできる。

「お二人とも、申し訳ございませんね」声を抑えつつ、美波が言う。「お見苦しいところをお見せしてしまいました」

「あ、いえ、お気になさらず」

　蓮里は、社交辞令のような返事しかできなかった。

「……あの、それではお二人も応接間でお待ちください。すぐにお茶をお持ちします」

　美波は応接間の戸を開けると、身を翻して、廊下の奥へと消えていった。

　応接間に入り、何となく、以前と同じ位置に腰を下ろす。

　すると杠葉が、吐き捨てるように言ってきた。

「ああいうのは、人から見えない裏でやるべきだろう」

「いやいや、裏でもやっちゃダメですって」

「そういう意味じゃなくて。ああいう姿を『敢《あ》えて他人に見せている』ことに、呆《あき》れているんだ。あの光景を見て、多くの人が美波さんに同情するだろう。逆に千江子さんは敵を増やすことになる。あんなこと、見える場所でやるメリットが無い」

「でも、そういうことをする人はいますよね。よく接客業について言われてる印象がありますけど、『仕事中、客の前で部下を叱る上司』みたいな」

「まさにそれだ。その上司にとっては、部下を叱ることが『正しいこと』だと思っているからこそ、堂々と見せている。自分の正義を疑わず、相手の悪も疑わず、みんな自分に共感してくれると思って、敢えて人前でやる。自分の地位や価値観に絶対的な自信を持っていて、それを他人に押し付けていることに気付いていない」

「……それ、杠葉さんが言うんですか？」

思わず皮肉交じりに呟《つぶや》いた。

「蓮里くんねぇ。私は、別に私個人の価値観を押し付けているわけじゃないでしょう？一番は、常に依頼者の利益に従っているじゃないか」

「……それは、確かにそうです。すみません」

杠葉の言動は、いつも強気で断定的で、我を押し付けているようにも見える。だけど、改めて考えてみると、杠葉が強気で押し切ろうとしているときは、常に依頼者からの依頼があって、その依頼を実現するために動いていた。

……その強引さの度合いは、まぁ酷《ひど》いと思うけど。

「私はね、『どうしてもネコに相続をさせたい』って依頼されたら、あらゆる手段を使ってネコに相続させてみせるし、逆に、『こんな脱法的手段でネコに相続させようとしてる奴がいるから、どうにかしてほしい』って依頼をされたら、あらゆる手段を使ってネコへの相続を否定する。……もちろん、依頼者に共感できるかどうかが重要だが。だからこそ、あのときの私は、どんな手段を使ってでもネコに相続させる、という方策を選んだ」

杠葉の言葉を受けて、蓮里は言葉が上手《うま》く出て来ず、ただ大きく頷《うなず》いた。

これが、自分の憧《あこが》れる竜胆杠葉なんだ、と改めて強く思っていた。

……僕は、ただ弁護士になりたいわけじゃない。弁護士になれたらそれでいいわけじゃない。

困っている人を助けられるような——法律のはざまに落ちてしまって苦しんでいる人を救い出せるような——そんな弁護士になりたい。

そう思ったからこそ、ゆずりは相続法律事務所で働いているんだ。

憧れの——恩人の——竜胆杠葉の下で。

蓮里は、杠葉の言葉で忘れられないものがある。

正直に言えば、蓮里にとって杠葉の言葉はほとんどが忘れられないようなものばかりなのだけど、その中でも特に、心に深く刻んでいるものがある。

働き始めの頃のことだ。杠葉から将来の目標を聞かれて、蓮里は「まずは司法試験に受かって、弁護士になってからです」と答えていた。「そこが一番大変だって言われてますし」と。

それに対して、杠葉が言った。

「どんな仕事でもそうだけど、特に自営業は、『新人』として入ってきたと同時に、『先輩』や『有名人』、『その道のエキスパート』たちと同列で競わないといけなくなる。司法試験なんて面倒な試験だから、つい『合格した』ことが大きな成果だと思いがちだが、その後にきみが競うことになる相手は、みんな司法試験に合格してきた人たちだ。周りの友人知人は『合格して凄《すご》い』と言ってくれるだろう。だけど、視点を変えて、弁護士に依頼したいと思っている人たちは、『自分の依頼を実現してくれそうな弁護士』を見つけたいと考えている。その依頼者によって、無数の弁護士の中から自分を見つけてもらって選んでもらわないと、弁護士の仕事はやっていけないんだよ」

その言葉は、弁護士だけじゃない、すべての仕事に通じているように感じた。

何より、これこそが、『相続弁護士』として脱法的解決をも辞さない、杠葉の矜持《きょうじ》でもあるのだろうと思った。

相続に関する依頼なら、竜胆杠葉に依頼をすれば大丈夫だと。そうやって、依頼者の方から、自分のことを見つけてもらって選んでもらえるようにしているんだと。

そんなことを考えていると、美波がお茶を持って応接間に入ってきた。そして、杠葉と蓮里の前にお茶を置き、合わせて梅干しを載せた小鉢を置いた。

蓮里は思わず頬が緩んで、そして、それと同時にあのときの酸っぱさを思い出して、頬の内側が痛くなった。

見れば、杠葉は眉間《みけん》に深いしわを寄せて固まっていた。一種のトラウマになっているのかもしれない。

蓮里は、梅干しを少しずつ齧《かじ》りながらお茶を飲んだ。以前と変わらない味。それだけで、吉雄が美味《おい》しそうに食べていたときの笑顔や、梅干しを禁止されたときの落ち込んだ顔が、鮮明に蘇《よみがえ》ってくる。

たった一度だけ顔を合わせた蓮里でもこうなのだから、きっと、四〇年も一緒に過ごしてきた美波にとっては、何物にも代えがたい思い出だろう。

その後しばらくして、千江子と昴、亜希も応接間に入ってきた。美波の背中を睨《にら》みつけるように、そして、杠葉と蓮里のことも、まるで仇敵《きゅうてき》を見るように。

「さて。ちょうど関係者が全員揃ったようですね――」

杠葉はスッと立ち上がると、相変わらず飄々《ひょうひょう》と、軽く微笑みながら話を始めた。

「それでは、さっそく本題に入りましょう。本件の遺言執行者として、故・新開吉雄さんの遺言書を、読み上げます」

4

「ちょっと待ちなさいよ――」

緊張感の張りつめる中、甲高い千江子の声が響き渡った。

「どうして、私のお父さんの遺言書を読むのに、赤の他人の種田が一緒にいるのよ？　関係者っていうなら家族だけを集めるべきでしょう？　相続っていうプライベートな話に、何の繋《つな》がりもない人間を入れないでほしいわね」

「そうはいきません――」

杠葉は、とても冷静に、いつものように淡々と答える。

「この遺言書には、種田美波さんに宛てた内容も含まれています。本件の相続・遺贈については、種田美波さんもれっきとした関係者に当たります」

「ほら見たことか。やっぱりこの女にも財産を与えてるんじゃない」

千江子が苦々しく吐き捨てた。

美波はビクッと肩を震わせて、怯《おび》えたように杠葉のことを見つめる。

「……あの、竜胆先生。私は別に、吉雄さんの財産を欲しくは……」

「私は今から、この遺言書に則《のっと》り、吉雄さんの希望をお伝えします——」

美波の言葉を遮るように、杠葉が言う。

「彼の希望に沿うか、それとも裏切るかは、後で話し合って頂ければ良いでしょう」

有無を言わせないような強い語気に、美波は完全に黙りこくってしまった。

「ちょ、ちょっと、裏切るだなんて人聞きが悪いわよ」

千江子が声を裏返らせながら反論するが、

「でしたら、無視をする、と言い換えましょうか」

と杠葉に返され、彼女も黙ってしまった。

応接間が静まり返る中、杠葉が一通の封筒を開封していく。A4サイズの入る角型2号の封筒から、紙の束が取り出された。室内に、その紙音だけが響く。

封筒の中には、遺言書の本体や、地図や住所録などの別紙資料が入れられている。本件は公正証書遺言なので、遺言書の原本と添付書類は、公証役場に保管されている。

不動産投資や運営で名を馳《は》せた吉雄の財産は、その大半が不動産として遺《のこ》されていた。山梨県内だけでなく、東京都内の中心部や大宮《おおみや》、横浜などの首都圏にまで、いくつもの不動産を所有していた。

「……すっご。これ全部、不動産なの」

亜希が目を瞠《みは》って呟いていた。静寂の中、生唾《なまつば》を吞《の》み込む音が響く。

「これを、誰に相続させたいっていうのよ、お父さんは」

千江子が苛立《いらだ》ちを隠さず言い捨てた。

対する杠葉は、淡々と、いつもと変わらない様子だ。

「こちらに、財産目録を作成しております。不動産だけでなく、現金、預金、その他の動産や有価証券なども記載されておりますが――」

その総額は、八億一三〇〇万円ほど。

そしてその目録は、それぞれの財産に、赤と青の二色のラインが引かれていた。目録全体が赤く染まっているように見える中、四本だけ、青が引かれている。

「四本の青いラインが引かれている財産――不動産を、種田美波さんに遺贈する。その他すべて、赤いラインの引かれている財産は、子・千江子さんに相続させる」

その説明を聞いて、昴と亜希は、どこか安堵《あんど》したように溜息《ためいき》を漏らしていた。

それもそうだろう、ここで青いラインが引かれている不動産は、総額でも三〇〇万円ほどにしかならないのだ。八億円以上が貰《もら》えるのであれば、三〇〇万円ほどの不動産など気にならないだろう。

一方、美波は恐縮したように肩をすぼめていた。貰える額の大小にかかわらず、財産を貰えること自体が恐れ多い、という感じだ。

そして千江子は、

「これが、お父さんの希望なのね？　それじゃあ、さっそく話し合いましょうか――」

と不快感をあらわに言い捨て、美波を睨みつけた。

こちらも、額の大小は関係ないのだろう。ただ単に、美波が吉雄の財産を受け取ること自体、気に食わないようだ。

「私は、びた一文も、この女にお父さんの財産が行くなんて許せない。たとえお父さんの遺言でも、こんなの従えないわ！　……種田。ねぇ種田。お父さんの遺産は、娘である私の物よね。それが相続っていうものよね？」

「そうですね。私も、吉雄さんの財産が欲しいわけではありませんので。ここは千江子さんのご希望通りにしていただければと思います」

「それじゃあ決まりね。今回のお父さんの遺言には従わないで、ちゃんと法律に従った相続をするようにしましょう」

千江子にそう言われていっそう縮こまってしまっている美波を見て、蓮里は思わず口を挟んでいた。

「千江子さん。それは脅しているのではないですか？　相手の自由意思を奪った状態で意思表示をさせても、それは無効になる可能性がありますよ」

「あら？　これは『話し合い』よ。だってそうでしょう？　種田はさっき、誰に言われるでもなく、自分から『財産はいらない』って言おうとしていたじゃない。それを確認したただけのことで、どうして脅しだなんて言われなくちゃいけないのかしら？」

「………………」

そう言われてしまうと、蓮里には返す言葉がない。「千江子が日常的に美波を抑圧していた」という主張も考えられるけれど、それを証明するのは不可能に近い。むしろ蓮里が言いがかりを付けたとして、こちらが訴えられかねない。

「ねぇ弁護士先生？　たしか、当事者同士が『話し合い』をして合意すれば、遺言書の内容とは違うように相続できるんですよね？　私、ちゃんと調べてるんですよ」

千江子の声が、まるで粘液のように気味悪く纏《まと》わり付いてくる。

どう考えても、これが穏便な『話し合い』になるとは思えない。少なくとも、美波の相続分は完全に奪い取られてしまうだろう。

……三〇万円を贈ることが、こんなに難しいなんて。

吉雄は、こんな千江子の性格を解っていたからこそ、今回の依頼をしてきたのだ。

「遺言内容の拒否については、確かに法律上は、そう定められていますね――」

淡々と話す杠葉。それはまるで、千江子の言い分を認めたかのよう。

だけど、蓮里には判る。

今の言葉には、『法律上は』という条件が付けられていた。だけど、誰あろう竜胆杠葉は、『脱法的』な解決を得意としているのだ。

『法律上』はどうなっていようと、杠葉には関係ない。

これは、「そうさせるつもりはない」という杠葉の意思表明――「遺言内容を拒否なんてさせない」という宣戦布告だ。

杠葉は、淡々とした口調のまま、言った。

「ですが、千江子さんたちは、本当にこんな不動産が欲しいのですか？」

「………え？」

あまりに予想外の一言だったのだろう。千江子は困惑を隠さず、表情を歪《ゆが》めた。

「何を言ってるの？　財産なんだから欲しいに決まってるでしょう。いくら三〇万円程度だって、プラスになるには違いないんだから」

「これらの不動産が、プラスになる？」

「な、なによ。どうしてそこが疑問になるのよ？」

千江子の不安げな問いに、杠葉は答えずに説明を続ける。

「改めて、ご確認ください。こちらが、種田美波さんに譲られる不動産、四筆の土地の一覧です――」

杠葉は、用意周到に、別紙に纏《まと》めてあった資料を示す。

「所在地は、すべて河口湖周辺や、隣の西湖《さいこ》周辺のものですね。この邸宅からも近い所ばかりです――」

河口湖や西湖周辺の地図を広げ、一つ一つ、土地のある場所に付箋《ふせん》を貼っていく。実に用意周到に。

「これら四筆の土地は、一つを除いて、ここ一年の間に買い集めた土地のようです。これら四筆の土地のために使われた金額は、総額にして、二〇〇〇万円ほど」

「に、二〇〇〇万円⁉」

千江子が悲鳴のような声を上げた。その表情は、一瞬だけ晴れやかに輝いたものの、すぐに重苦しく曇っていった。

「その二〇〇〇万円で購入した土地が、どうして今、たった三〇万円になってるのよ」

その声は、まるで杠葉を責めるかのように刺々《とげとげ》しかった。

「千江子さんも、不動産の運用をしていらっしゃいますよね。でしたら、不動産投資で、似たような話を聞いたことがあると思いますが」

杠葉の問いの返しに、千江子は「あぁ……」と唸《うな》るように声を漏らして、

「『原野商法』に、引っかかってしまったのね――」

その千江子の言葉に、杠葉は返答を躊躇《ためら》うように口を固く結んで、肩をすくめた。

「……まさか、あのお父さんが、不動産投資で失敗していたなんて。でも一年前って言ったら、ちょうど脳梗塞《のうこうそく》になった頃か。……やっぱり、何か影響があったのかしら」

杠葉はそれには答えず、四筆の土地について、さらに詳しく説明を始める。

「これらの土地については、現場の写真も撮ってあります。たとえば、こちら――」

杠葉が、数枚の写真をテーブルの上に広げた。そこに写っているのは、ブロック塀に

囲まれた空き地。子供のころに見た『ドラえもん』の空き地にそっくりで、土や砂利の上に、大きな土管のような物まで置かれている。実写版『ドラえもん』のロケ地だと言われても納得してしまいそうな風景だった。

「この土地は、『土地区画整理地域』に含まれています。そのため、建物などの建築制限が掛けられています。将来的に道路の拡張が予定されているため、建物の建築がしづらいわけです。……もっとも、その道路拡張がいつ行われるのかについては、今のところ未定だそうです」

「原野商法の典型例じゃない。便利な道路ができると不動産の価値が上がるからって、不便で価値の無い土地を高く買わせるって……」

土地の価格が上がる予定があるから、安いうちに買っておけば儲《もう》かる、などと煽《あお》るように誘い、価値のない土地を――ただの原野を――高めの値段で買わせる悪徳商法。

工場誘致が予定されているから。ニュータウンが造られるから。新幹線の駅が、リニアモーターカーの駅ができるから。大規模な太陽光発電施設が造られるから。

あるいは最近は、「外国人から水源の土地を守るため、土地を購入することで国を守ろう」という煽り文句も存在しているという。

「そもそも、通常の不動産投資も、そのような需要の上昇を見極めて、投資をしていくものでしょうからね。吉雄さんは、その見極めを駆使しながら、一代でこの財産を築き上げることができたわけです」

「……それが、この一年で、目が曇って、腕が鈍っていた。……やっぱり、ボケてきちゃっていたのかしら」

そんな千江子の呟《つぶや》きには、同情が少し込められているように思えた。

「千江子さん。こちらの土地はいかがなさいますか？　もし欲しいのであれば『話し合い』を……」

「……いらないわよ」

千江子は、呆《あき》れたように大きな溜息《ためいき》を交じらせながら、そう答えた。

続けて杠葉は、残りの土地も確認していった。

一つは、河口湖沿いに位置する、崖地《がけち》。

崖の下にも土地があり、崖の上にも土地があるのに、この崖の部分だけがわざわざ別の土地に分けられた上で、吉雄の所有になっていた。

人が歩いて上ることができないのはもちろん、命綱を付けてでも降りられそうにないほどの崖だ。

崖である以上、もちろん家を建てることもできないし、畑にすることもできない。

使い道がない。かといって売ろうにも、買い手が付くとは思えないような代物だ。

せいぜい、他者に迷惑をかけないよう、土地の境界線をコンクリートで固めて、崩落を防ぐくらいのことしかできないだろう。

実際、この土地は崩落を避けるための工事が行われていて、どうやらその工事費も吉雄が負担していたようだった。

「……なにこれ。こんな土地を貰《もら》って、どう使えっていうのよ」

千江子が嘆くように呟いた。

「こちらの土地は、評価額が七万円ですね。平面にすれば、テニスコート三面分の広さはあります」

「……どう見ても、平面になんてならないじゃない」

「いかがですか？　七万円の財産が手に入るチャンス……」

「いらないわよ！」

千江子は苛立《いらだ》たしげに、言い捨てた。

「こちらの土地は――」

続けて杠葉は、前の土地とは違う、平地の写真を示した。

「いま人気のキャンプ場に隣接している土地ですね。見ての通り、あまり広くはないですが、建造物が何もない平地になっています」

心なしか、明るめの声で土地を紹介する杠葉だったが、周囲の反応は実に鈍かった。

これまでの流れから、間違いなく『曰《いわ》く』が付いていると思われているに違いない。

そして、もちろんと言うべきか――

「さて、この別アングルの写真を見ての通り、この土地の上空を電線が通過しています。キャンプ場に送電するための物ですね。そのためこの土地では、この電線に引っかからないよう、三m以上の建造物の建築が制限されています。しかも、写真では見えない位置にも、実は……」

「いらない」

杠葉の説明を遮るように、千江子が言い捨てた。頭を抱えながら、深く、深く、溜息を吐いていた。


「さて、では、残る一つの土地ですが」

杠葉が説明を始めようとすると、千江子が聞こえよがしに大きな溜息を吐いた。

「どうせ、今度もまた使い道のない酷《ひど》い土地なんでしょ？」

「そうとは限りません——」

杠葉は、相変わらず飄々《ひょうひょう》とした調子で、

「美波さんに贈られる予定の最後の土地は、ここの庭からも見ることができます。折角ですので、直接その目で見てみましょう」

有無を言わせない様子で、率先して庭へと出ていった。

他の面々は、困惑したように顔を見合わせながらも、渋々といった様子で杠葉の後を追っていった。

蓮里も部屋を出て行こうとすると、美波が隣に追いついてきて、声を潜めながら聞いてきた。

「……あの、竜胆先生は、何をするおつもりなのでしょう？　私は、自分の身に何が起こっているのか、これからどうなるのかも、判らなくなってしまっているのですが」

「大丈夫ですよ。少なくとも、美波さんにとって悪い結果には、絶対になりません」

「それは、私も先生を信頼したいのですが……」

「大丈夫です――」

蓮里は、自信たっぷりに繰り返した。

「竜胆先生は、必ず、依頼者の希望を叶《かな》えてくれます。あの人は、依頼者のためならどんな手段も厭《いと》わずやるような人なんです」

「ええ？」

「もし、あなたが竜胆先生のことを信用しきれないとしても、どうか、その竜胆先生にすべてを託した吉雄さんのことは、信じてください」

「吉雄さんの、ことを……」

「あの遺言は、吉雄さんから美波さんに宛てた最後のメッセージ――希望なんです。その希望は、きっと、必ず、竜胆杠葉が叶えてみせます――」

いつものような、脱法的手段によって。

「だから、美波さんはどうか、それを受け止めてほしいんです」

美波は、蓮里の言葉を噛《か》み締めるように、黙って俯《うつむ》いていた。

だが、すぐに顔を上げて、「はい」と頷《うなず》いて、

「私は、吉雄さんのことを——吉雄さんが信じた竜胆先生のことを、信じます」


河口湖を望む高台に位置する、新開邸。

斜面を活用した英国風の庭には、季節の花が咲いている。色や香り、そして程よく暖かくなってきた空気でも、春を感じられた。

「吉雄さんが美波さんに遺《のこ》そうとした、最後の土地。それは、あの辺り——湖畔に広がっている空き地です」

杠葉は、その土地を指し示したうえで、地図を広げて正確な範囲を示した。

それは、河口湖の北岸——本当に湖畔の水際にある土地だった。必然的に、湖越しの富士山を遮る物は、何もない。そこからの景色は、きっと近隣のフォトスポットにも勝るとも劣らない絶景になっているだろう。

「ちなみに、これがあの土地の敷地内から撮影した、雲一つないときの富士山です」

用意周到に、杠葉は一枚の写真をみんなに見せた。

凪《なぎ》の河口湖が鏡のようになり、逆さ富士を映し出している。

これには、富士山を見慣れているはずの千江子たちも、歓声を漏らすほどだった。

「いいじゃない。この土地はいいじゃないの——」

千江子が興奮気味に呟いていた。

「富士山の映《ば》えスポット、上手《うま》くやれば大石《おおいし》公園みたいな観光地化もできるかもしれないわ。有料駐車場にしてもいいわね。二四時間で車中泊をやるような人も呼び込んで、ここなら料金の上限を無しにしても需要はある。……うん、いいじゃないの」

「よくありません」

「……は？」

紅葉の淡白な否定に、千江子は表情が緩んだまま固まっていた。

「残念ですが、あの土地を駐車場にすることは、できません。もちろん公園にすることもできません」

「……どういうことよ？」

完全に冷や水を浴びせられたように、重く震える声を絞り出す千江子。

「あの土地の地盤は、砂、そして泥です。さらに豪雨が発生すると、あの辺りは湖の底になってしまうんです。基本的には地上に出ているので陸地として扱われているのですが、昨今のような著しい豪雨が河口湖を襲ったような場合には、確実に、沈んでしまうエリアです。そのため、たとえアスファルトやコンクリートで固めようとも、あの土地を駐車場として利用することは、不可能です」

「……なによ、それ。まるでゴミじゃないの」

「ゴミではありません——」

紅葉は律儀に否定する。

「あの土地の地盤は非常に危ういため、駐車場は無理ですし、貸倉庫なども不可能です。もちろん、家や建物を建てることなど、到底不可能です――」

紅葉は、この土地に関するあらゆる可能性も否定していくと、

「こちらをご覧ください。あの土地の、登記です」

と、当該土地の登記簿をみんなに見せた。

そこには、「一定以上の高さの建造物の築造や、立木等の植樹の禁止」をする旨が記載されていた。

「なによ、これ？　禁止ってどういうこと？」

「これは『地役権《ちえきけん》』です」

「地役権？」

「はい。簡単に言えば、別の土地の所有者が利益を得るために、この土地の所有者が不利益を受けても我慢してもらう、という権利ですね」

「はぁ？　この土地の所有者が、不利益を我慢するって……」

「はい。実は、ここからは木の陰になって見えないのですが、あの土地の手前――山側では、一軒のホテルが建って、営業しているんです」

「……そうね。確かにホテルがあるけど」

「そのホテルは、『全室富士山ビュー』を謳《うた》って商売をしているんですよ。二階や三階

の部屋はもちろん、一階の部屋からも富士山が見えるようになっているんです」

「……つまり？」

「あの土地に建物が建てられたり立木が植えられたりすると、『全室富士山ビュー』ではなくなってしまう。なので、ホテルのために、あの土地に地役権が設定されて、建物も木々も置けないようにしてあるというわけです。まぁ、そもそも建物を建てられるような地盤でもないのですが」

「………………」

千江子は、無表情のまま黙りこくってしまった。

そんな千江子のことなど意に介さないかのように、紅葉は、相変わらず飄々と言う。

「さて。こちらの絶景スポットにもなる湖畔の土地、千江子さんは欲し……」

「いらない――」

紅葉の言葉を遮るように、千江子は言い切った。

「なんなのよ、全部全部ゴミみたいな土地ばかり！　こんな土地、貰《もら》ったって何もできないし売れもしない！　いらないわよ！　こんなの全部、種田にくれてやるわよ！」

「え？　わ、私は……」

「いらないなんて言わないでよ？　こっちこそいらないんだから」

「あの、その……」

美波が不安げに視線を揺らし、その視線が、ちらりと蓮里に向けられた。

蓮里は、すかさず小さく頷きを返した。

……吉雄さんを信じてほしい。

……杠葉さんを信じてほしい。

そんな気持ちを込めた頷きだった。

その気持ちが通じたのか、美波は、ふっと息を整えて落ち着いて、「解りました」と頷いた。

対照的に、千江子は興奮状態にあるようだった。

「評価額の総額三〇万円……皮肉なものね。これ、あなたの給料と同じ額じゃないの。お父さんが、あなたのために最後に遺した三〇万円。いいプレゼントじゃない。せいぜい大切に管理し続けることね。きっとすぐに三〇万円以上のお金が掛かるようになるでしょうけどね」

次第に早口になって、息を切らせるようにしながら勝ち誇ったように言っていた。

「これらの土地を、種田美波さんに譲る。それが吉雄さんの希望でもありましたから」

杠葉の言葉に、千江子は鼻で笑って、

「……哀れなものね。不動産で莫大《ばくだい》な財産を築いた人が、最後は原野商法に引っかかって、変な不動産を買わされて終わるだなんて」

「いいえ。吉雄さんは、最後まできちんと、希望通りのことができましたよ」

「そりゃあ本人はね、幸せだったでしょうね――」

千江子は皮肉な笑みを浮かべながら、

「……でも、これまで散々走り続けてきた人だもの。最後くらいは、のんびりすることができてたのかなぁ」

そう呟《つぶや》く千江子は、どこか寂しそうにも見えた。

5

心なしか重い足取りで、全員が応接室に戻るや否や、千江子が声を上げた。

「種田。明日の葬儀が終わったら、この家には私たちが住むことになるんだから、それまでには、あなたの荷物を片付けておきなさいよね」

この家の所有者は、法律上も、既に千江子になっている。吉雄の死によって相続が発生したその瞬間に、遺言の効力も発生し、この家や土地の所有権は千江子に移転したことになるのだ。

そして、吉雄との雇用関係にあった美波は、たとえ相続があったとしても、千江子との雇用関係は当然には発生しない。

つまり、今の美波は、法律上、無権限でこの家に居る状態になっているのだ。所有者に「出て行け」と言われたら、出ていくしかない。

「はい、解りました」

そう答える美波の表情は穏やかで、それを見た千江子が怪訝《けげん》そうにするほどだった。それはそうだろう。千江子にしてみれば、美波はゴミのような土地を押し付けられていると思っているのだから。

実際、あれらの土地は、使おうとしても使えないようなものばかりなのだけど。

「千江子さん、そして昴さんと亜希さんも、今回の相続については、私が責任をもって遂行いたします。もし疑問点や不明な点、あるいは、私の主張に対して争うようなことなどがありましたら、どうぞ気兼ねなく当事務所にご連絡くださいね」

そう淡々と、事務的に語る杠葉。

その瞳《ひとみ》だけは、好戦的に光っているようにも見えた。

「……ええ。何かあったら、遠慮なく連絡をすることにするわ」

千江子は社交辞令のように返事をすると、美波に向き直った。

「今日は先に帰るわ。しっかりと片付けを済ませておきなさい」

千江子はそう言い残すと、昴と亜希と共に、新開邸を後にした。

車のエンジン音が遠のいていき、やがて聞こえなくなった。

そんな音が確認できるほどに、新開邸は静まり返っていた。

「美波さんも、もし私に質問などがありましたら、気兼ねなくどうぞ」

杠葉がそう促すと、美波は少し考えた様子で答える。

「……あの、私の荷物を片付けてもよろしいでしょうか？　気持ちの整理もしたくて」

「ええ。もちろん構いませんよ」紅葉は笑顔で頷《うなず》く。「うちの緒本も手伝います」

「あ、はい」

蓮里は反射的にそう答えていた。どうせ蓮里に拒否権はないのだ。だったら少しでも積極的に動いた方が、お互いに得なのだ。

「ああ、それは嬉《うれ》しいわ。どうしても、私の力では持ち運べない物があって、それを運んでもらえないかしら？」

「ええ、もちろん」

そう快諾したのは紅葉だった。

……まぁ、僕も運ぶつもりでいるからいいんだけど。

蓮里が非難めいた視線を送ると、紅葉は軽く肩をすくめて受け流した。

美波に先導されるように、いったん外に出てから連れて来られたのは、斜面を活用して造られた半地下の貯蔵庫だった。

その中には、茶色い壺《つぼ》が複数、並んで置かれていた。さらに中に入っていくと、急に酸っぱい匂いが鼻を突いた。

「これ、梅干しですか？」

「ええ。元々、母がよく作っていたんです。それを私も教わって、作っています」

「この壺の中には、美波さんのお母さんの物もあるんですか？」

「いいえ。私がここで働き始めた当時は、まだ母が作った分もあったのですが、吉雄さんと二人で毎年誕生日に食べようと決めて、次第に無くなりました。無理に残していても、きっと誰も食べなくなってしまいますから」

「確かに。それなら思い出を持っている人が食べるのが、一番いいですね」

蓮里の言葉に、美波は嬉しそうに頷いて、

「ここに残っているのは、私がこの家に来てから漬けた物です。母の梅干しが無くなっても、吉雄さんは、私の漬けた梅干しも美味《おい》しそうに食べていましたねぇ」

懐かしそうに、目を細めながら、美波は語った。


美波が事前準備をしていたこともあって、荷物はすぐ片付け終わった。梅干しの入った重い壺は蓮里が運んで、このまま車で美波の自宅まで送ることとなった。

「これから、美波さんはどうされるのですか？」

杠葉が尋ねる。

「同じ町内に住む娘夫婦の家に、お世話になることになっています。幸いにも、吉雄さんから頂いた土地にも近いですし、その土地たちもせっかく頂けたものですから、何とか管理していければと思います」

「それでしたら、もしこれからお時間があるようでしたら、近くにある例の土地を、直接確認しに行きませんか？」

「そうですね。いろいろと、手続のこともお聞きしたかったですし」

「手続については、我々にお任せください。それらの事後対応も含めて、吉雄さんから依頼を受けておりますし、その代金も既に頂いております」

「あらあら。さすがですね——」

美波は、どこか安堵《あんど》したような優しい声で答える。

「……やっぱり、吉雄さんはボケてなどいなかったのでしょう？　認知症なんてありえない。原野商法に引っかかったなんて、嘘。だって、最後まであの方は、とても聡明《そうめい》なままでしたから」

美波の確認するような問い。

杠葉は、それに応《こた》えることなく、手振りで車へ乗るように促した。

杠葉と蓮里は、美波を連れて、現地の土地を確認しに行く。

今回の件で何度も話題に上がっている、湖畔の土地だ。

隣接するホテルに事情を説明して車を停めさせてもらい、歩いて隣の土地へと入っていく。美波の歩調に合わせて、ゆっくりと。

「本当に、綺麗《きれい》な景色ですねぇ」

溜息《ためいき》交じりに、美波が呟いた。

ホテルのある方から、湖に向かって歩いていく、その眼前に広がる光景は、絵葉書にもぴったりだろうし、ネットに公開したらきっと評判になるに違いなかった。

　他方で、先ほどの杠葉の説明にもあったように、地面は砂や泥が交じったような、軟らかく不安定な踏み心地をしていた。この地面を舗装するのは、不可能だろう。

「あの、竜胆先生――」

　美波が、心なしか語気を強めて、杠葉に声を掛けた。

「吉雄さんの希望は、やはり、私に何か財産を遺《のこ》すことだったのでしょうか？」

「吉雄さんは、『どうしても、美波さんに三〇万円を遺したい』と仰《おっしゃ》っていました。『そのためには、いくらかかっても構わない』と」

「……どういう、ことでしょう？」

「吉雄さんは、こう願っていたんです。『自分が死んだ後も、これまで通り、月三〇万円の収入が遺せるように』と」

　美波が、驚きに目を見開いていた。

「……月、三〇万円？　一度きりではなく？」

「ええ。これまで美波さんが受け取っていた収入。それを吉雄さんは、自分の死後も、あなたに遺したい――遺し続けたいと考えたんです。あの娘さんには、決してバレないように。あたかも、原野商法に引っかかったかのように装って」

「遺し続ける……でも、いったいどうやって？　私が譲っていただいた土地には、それを可能にする何かがあるということなのですか？」

「はい。あります」

紅葉は、力強く頷いてみせた。

そして、一つ一つの土地について、説明を始める。

「まず、土地区画整理地域に含まれている土地は、まさに見ての通りです――」

紅葉は、例の『ドラえもん』の空き地のような土地の写真を見せながら、

「資材置き場として、土地の賃貸借契約が結ばれています。この土管のような物は、付近の道路工事の際に使われる、ガスや電気ケーブルを通すための管ですね」

「ということは……」

「毎月、賃料が入ってきます。付近の工事が完成するまで……いつ終わるのかは判りませんが、少なくとも数年は続くことでしょう」

その説明を聞いた美波は、まだ状況が理解できていないのか、キョトンとした表情のまま固まっていた。

「続いて、次の土地――崖地《がけち》ですね」

「あの崖にも、何か得をすることが隠されているのですか？」

「ええ。この崖地には、『地役権』が設定されています」

「地役権……たしか、この湖畔の土地にも設定されている、という話でしたよね？」

「そうですね。ただ、同じ地役権の中でも、細かい種類が違っています。どちらも、他人の土地のために不利益を受ける、という関係なのは同じなのですが」

そう説明をしながら、杠葉は、崖地付近の航空写真を見せてきた。そこには、崖の上に立ち並ぶ家々が写っていた。

「この崖の上に、家が建っているんですか？」

「ええ。そしてこの崖は、崖の上の家が崩落しないよう、『擁壁』としての地役権が設定されているんです。つまり、崖を強固に補強しつつ、建造物や作物などによって崖が崩れないよう、土地の利用が制限されているのです」

擁壁としての地役権。そんな権利があることは、蓮里ですら初耳だった。そもそも、司法試験では地役権が詳しく聞かれることはほぼないし、教科書・体系書でもサラッと流されるような部分だ。

それを、杠葉は弁護士として——実務家として、しっかり活用している。

そこには、司法試験受験生と、プロの弁護士との、圧倒的な格差が如実に表れているように感じた。

「さて、次は、キャンプ場の横にある土地ですね——」

杠葉は、その土地の写真を見せる。

「ここには、キャンプ場に繋《つな》がる送電線が上空を通っています。そのため、この電線にかかるような高さの建造物や立木が置けなくなってしまっています。実は、そのための補償料が支払われることになっているんです」

「……そんな補償が、あるのですか」

紅葉は頷《うなず》いた。

「さらに、このキャンプ場は、排水設備がこの土地の地下を通っているんです。写真では見えないのですが、ちょうどこの土地の中央を貫くように、排水管が通っています。そして、その使用料も支払われることになっています。民法二一一条ですね」

サラッと条文を言われても、さすがに蓮里はすべての条文を暗記しているわけではない。ましてや民法なんて、一〇〇〇条を優に超えているのだから。主要な条文の文言と数字を覚えるだけで精いっぱいだ。

「そして最後に、この土地ですが――」

紅葉は、自分の足元を指さして、それから河口湖の方を指さした。その先には、富士山も綺麗に聳《そび》えている。

「ここは、先ほども説明したように、地役権が設定されています。その内容は、『眺望地役権』――つまり、良い景色を維持するために、この土地の利用を制限しているのです。あのホテルが『全室富士山ビュー』を売りにできるよう、この土地が、協力をしてあげているというわけです」

「……それでは、その眺望地役権についても、収入があるんですか？」

「もちろんです。あのホテルが『全室富士山ビュー』を謳《うた》えることによる宣伝効果と、実益がありますからね。そのホテルの売上の一部を、この土地の所有者が受け取れるという契約になっています。そして、これら四筆の不動産から受け取れる収入は、合わせて月額三〇万円となります」

「……これを、すべて竜胆先生が考えられたのですか？」

「いいえ。私はただ、法律論として、地役権などを活用する手法があることを教えただけです。そんなことは、法律の本を読んでいれば誰でもできることですよ」

そんなことを飄々《ひょうひょう》と言ってのける杠葉。

少なくとも、普通の法律家が本を読んだくらいでは、こんな奇抜な策を思い付くとは思えなかった。

「吉雄さんは、『月三〇万円の給料』を、ずっと保証してくださるのですね。……私なんて、吉雄さんに何も返すことなどできなかったのに」

「それはきっと、お互いさまなのだと思いますよ。吉雄さんも以前、返しきれない恩を感じていた、と仰っていました。だからこそ、こうやって恩人の娘である美波さんにも恩を返そうとした。たとえ自分が亡くなってしまった後でも」

「それでは私は、いまさら、いったい何を返せるのでしょう。吉雄さんが亡くなってしまった後に」

その言葉には、嘆息が交じっているように、蓮里は感じた。

吉雄の子供たちに返そうにも、肝心の子供との関係は、悪い。少なくとも、蓮里が美波の立場だったら、返したいとは思えない。

すると、杠葉は得意げに、微笑みながら語った。

「吉雄さんは、あなたから返してほしい物があったからこそ――それを決めていたからこそ、この土地を美波さんに遺したのだと思います」

「それは、どういうことでしょう？」

「この土地は、富士山ビューのための眺望地役権が設定されているため、建物を建てたり、高い立木を植えることなどはできません。ですが、それは逆に言えば、背の低い草花でしたら、思う存分、植えても良いということです」

「え？」

「浸水の危険はありますが、それはせいぜい十数cmほど。駐車場としては致命的ですが、水に強い花を植えるとか、花壇にして少し高くするだけで、草花には何の影響もないでしょう」

「そ、それじゃあ……」

「ぜひ、ここで季節の花を育ててください。そしていつか、あの新開邸の庭のように、季節の草花で溢《あふ》れる場所にしてください。吉雄さんがいつも見ていた景色のように」

「あ、ああ……」

美波の溜息《ためいき》が、震えていた。

「しかも、実は、花を植えることによって眺望が良くなるのなら、ホテルからの補償料を増加して払ってもらえるようになっています」

「そ、そんな。頂けるお金が、増えるんですか？」

「そういう契約になっていますね」

まるで他人事《ひとごと》のように、飄々と言う杠葉。そういう契約にしたのは、他でもない杠葉のアイデアと力量によるというのに。

「……あぁ、どうしましょう。これほど広いと、どう使ったらいいのか」

嬉《うれ》しそうに辺りを見渡した美波。ふと、その視線が、ぴたりと止まった。

ちょうど、隣の土地との境界線を仕切るように並んでいる、三本の木があった。

「……あの木は」

呟《つぶや》くと同時に、美波は足早に木の方へと近づいていった。

遠目に見えた時点で、彼女は気付いただろう。それを改めて間近で見て、美波は確信したようだった。

「これは、ウメの木――」

消え入りそうな、震える声を漏らし、美波がウメの木に歩み寄る。

若々しい青葉が生い茂っている。その陰に隠れるように、小さな実が生《な》っていた。あと数週間もすれば――梅雨になれば、程よく熟すことだろう。

「あの人は、この土地をどうして買ったのか覚えていないって言っていたのに……」

「吉雄さんが本当に美波さんへ遺《のこ》したかった物は、このウメの木だったのでしょう」杠葉は飄々とした様子で話す。「それを隠すために、なぜこんな土地を買ったのかと聞かれても、とぼけていた」

「でしたら、最初から正直に、ウメの木を遺したいと言ってくれれば……」

「吉雄さんは、きっと、これも拒否されてしまうのではないかと、怖かったのだと思います。頑《かたく》なに遺産を受け取ろうとしてくれない相手に、『絶対に受け取ってほしい』という物を提案するのは、とても怖いでしょう。だから、吉雄さんは曖昧《あいまい》にとぼけるしかなかった。幸か不幸か、それは脳梗塞《のうこうそく》を発症したタイミングでもありました」

「…………」

無言で俯《うつむ》く美波に、紅葉が優しく問いかける。

「この吉雄さんの思い、受け取っていただけますか？」

「…………」

美波に声は無かった。嗚咽《おえつ》で震える喉《のど》は、声を通してくれない。だけど、美波は大きく頷いた。何度も何度も、頷いていた。

「ただ、注意点が一つあります――」

紅葉は、相変わらず飄々と、話を続ける。

「この木は、隣の土地との境界線に植えられています。なので、実を採らないでいると、他人の土地に落ちてしまうかもしれないのです」

それを聞いた美波は、ハッとしたように顔を上げて、そして頬を緩めた。

「……あら。それじゃあ毎年、きちんと採りに来ないといけませんね」

「ええ。そして採るだけではなく、是非……」

「もちろん、梅干しを作りますよ──」

美波は、とても晴れやかに微笑んだ。

「私の母の味を、娘にも伝えていかないといけませんものねぇ」

細められた瞳《ひとみ》の端から、すっと一筋の涙がこぼれ、輝いていた。


やがて、河口湖の湖畔に広がる花畑がフォトスポットとして賑《にぎ》わうことになるのだが、それはまた別の話。

その花畑の中央、一番目立つ所には、ユズリハとリンドウの花壇が置かれている。

他の花壇に比べて、かなり地味だ。実際、多くの観光客がその前を素通りしていく。

だが、その意味を知っている者は、この花壇を見てつい微笑んでしまうのだ。

リンドウの花言葉は、『悲しむあなたを愛する』──

そして、ユズリハの花言葉は、『世代交代』──

その花の名前と、象徴的な花言葉を聞くと、「ああ、とてもお似合いだな」と思わずにはいられないのだから。

※

夜の中央自動車道を東へ。街の明かりもテールランプもまばらだった光景は、次第に、光の列を増やしていく。

天王洲アイルまでは、まだ距離がある。車がのんびりと進む中、蓮里は日中のことを思い出しながら、口を開いた。

「今回の案件、僕が関わることのできた案件の中で、断トツの高額でした……」

緊張、疲労、そして達成感がないまぜになって、思わず溜息が出た。

「確かに、高額な方だったね」

杠葉は、相変わらず飄々としている。さも日常の一ページでしかないかのように。

こんな状況に慣れてしまったら、蓮里も金銭感覚がおかしくなってしまいそうだ。

「それにしても、月三〇万円を遺すために、総額二〇〇〇万円も払うなんて、僕の金銭感覚では絶対にできないですよ――」

だからこそ、吉雄の美波に対する思いの強さも感じられるのだけど。

「ただ、いきなりそんな高額で売ってくれるように言われた地主さんたちは、相当びっくりしたんじゃないですかね」

「うん？　もしかして、蓮里くんは勘違いをしているのか」

「え？　どういうことです？　今回の相続、あの土地を買うのに総額で二〇〇〇万円も使ったって話してたじゃないですか」

「それは微妙に違うよ。吉雄さんは、土地を買うのに二〇〇〇万円なんて使っていない。あの四つの土地は、市場の適正価格に沿って、総額三〇万円で買い集めたものだ」

「そうなんですか？　それじゃあ、二〇〇〇万円っていう話はどこから……あっ！」

ここまで話して、蓮里もようやく察しがついた。

「あの二〇〇〇万円って、今回の案件の報酬だったんですか」

「ご名答――」杠葉は声を弾ませて、「元々、吉雄さんも報酬額には糸目を付けないと言っていたのもあるけれど、今回は『原野商法に引っかかった』と思わせる必要もあった。その額を二人で相談した上で、総額二〇〇〇万円ということにして、それをあたかも土地の購入代金であるかのように話したというわけだ。現に私は、この額が土地の代金だなんて一度も言っていない」

「はぁ――」

呆《あき》れるやら、感心するやら。自分でもよく判らない溜息が漏れた。

「杠葉さんって、嘘はつかないけど相手を騙《だま》したり、勘違いさせたりしますよね」

それは、『脱法的』という杠葉のスタンスにも通じているような気がした。

合法のど真ん中ではないけれど、断じて違法ではないのだ、と。

「ある意味、法律の解釈にも似ているところがある。文言の意味を考察して、条文の趣旨を考慮して、そしてそれらと矛盾がないように、条文を解釈する。学者も弁護士も検察官も裁判官も、みんな嘘はついていないのに、解釈は千差万別、諸説ある」

「そう言われると、確かに似ているような……」

蓮里はそう言いながらも、小さく首を傾げていた。

「蓮里くんも、法律家を目指す以上、言葉を丁寧に使うことを心掛けておくのもいいんじゃないか」

「そ、そうですね……」

紅葉の言葉遣いが丁寧か、と言われると疑問を呈したくなるのだけど。

「それこそ、事務所のある『天王洲アイル』という言葉に込められた意味も、蓮里くんは考えたことがあるかい？　私が、どうして天王洲アイルに事務所を置いたのか」

「え？　それって交通の便がいいからじゃないんですか？」

首都高の入口も近く、新幹線の停まる品川《しながわ》駅も近い。そして羽田《はねだ》空港までもモノレールですぐ行ける。そのお陰で、全国から依頼者が来るし、場合によっては自分たちが全国に行くことができる。これほど便利な土地は、なかなかないはずだ。

すると、紅葉はいつものように飄々《ひょうひょう》とした様子で、

「遺言は、英語で『will《ウィル》』――強調や単数の冠詞を付ければ『A will《ア》』だ。相続専門の法律事務所を開くならここしかない、そう感じたんだ」

そんなことを言ってきた。

「……それ、単なるダジャレじゃないですか。『アイル』に『アウィル』なんて」

けっこう期待していたのに、完全に肩透かしを食らった格好だ。

「いいじゃないか。当時小学生だった私が、一生懸命調べて考えたことなんだ」

「小学生のときにですか!?」

「ああ。そのときから私は弁護士になると決めていたからね」

しかもそれは、ただの弁護士じゃない。

「そのころから、相続専門の弁護士になって、それで天王洲アイルに事務所を持てるようになろうと決めていたんですか」

「そうだね――」

杠葉は飄々とした調子で言って、だけど少しだけ照れたように口角を上げた。

「それに、これ以上相応《ふさわ》しい場所は、結局見つかっていない。交通の便もいいし、話のネタにもなる。この地名を目にする度に、口にする度に、自分のやりたいことを見つめ直すこともできる」

「それは、確かにそうですね」

「ああ。私たちに相応しい事務所だよ」

『私たち』――複数形で言われたことが、単純に嬉《うれ》しい。

蓮里と杠葉――二人の乗ったカローラは、山梨を抜けて東京へ入る。

そして、天王洲アイルのゆずりは相続法律事務所へ、帰っていく。

本書は書き下ろしです。

遺《ゆい》言《ごん》書《しょ》を読《よ》み上《あ》げます

血統書《けっとうしょ》付《つ》きの相続人《そうぞくにん》

久《く》真《ま》瀬《せ》敏《とし》也《や》

令和６年 11月25日　初版発行

発行者●山下直久

発行●株式会社KADOKAWA
〒102-8177　東京都千代田区富士見2-13-3
電話　0570-002-301（ナビダイヤル）

角川文庫 24399

印刷所●株式会社暁印刷
製本所●本間製本株式会社

表紙画●和田三造

ISBN 978-4-04-115006-1　C0193

◇◇◇

角川文庫発刊に際して

角川源義

第二次世界大戦の敗北は、軍事力の敗北であった以上に、私たちの若い文化力の敗退であった。私たちの文化が戦争に対して如何に無力であり、単なるあだ花に過ぎなかったかを、私たちは身を以て体験し痛感した。西洋近代文化の摂取にとって、明治以後八十年の歳月は決して短かすぎたとは言えない。にもかかわらず、近代文化の伝統を確立し、自由な批判と柔軟な良識に富む文化層として自らを形成することに私たちは失敗して来た。そしてこれは、各層への文化の普及滲透を任務とする出版人の責任でもあった。

一九四五年以来、私たちは再び振出しに戻り、第一歩から踏み出すことを余儀なくされた。これは大きな不幸ではあるが、反面、これまでの混沌・未熟・歪曲の中にあった我が国の文化に秩序と確たる基礎を齎らすためには絶好の機会でもある。角川書店は、このような祖国の文化的危機にあたり、微力をも顧みず再建の礎石たるべき抱負と決意とをもって出発したが、ここに創立以来の念願を果すべく角川文庫を発刊する。これまで刊行されたあらゆる全集叢書文庫類の長所と短所とを検討し、古今東西の不朽の典籍を、良心的編集のもとに、廉価に、そして書架にふさわしい美本として、多くのひとびとに提供しようとする。しかし私たちは徒らに百科全書的な知識のジレッタントを作ることを目的とせず、あくまで祖国の文化に秩序と再建への道を示し、この文庫を角川書店の栄ある事業として、今後永久に継続発展せしめ、学芸と教養との殿堂として大成せんことを期したい。多くの読書子の愛情ある忠言と支持とによって、この希望と抱負とを完遂せしめられんことを願う。

一九四九年五月三日

角川文庫ベストセラー

空の中　有川　浩

200X年、謎の航空機事故が相次ぎ、メーカーの担当者と生き残ったパイロットは調査のため高空へ飛ぶ。そこで彼らが出逢ったのは……？　全ての本読みが心躍らせる超弩級エンタテインメント。

海の底　有川　浩

四月。桜祭りでわく米軍横須賀基地を赤い巨大な甲殻類が襲った！　次々と人が食われる中、潜水艦へ逃げ込んだ自衛官と少年少女の運命は!?　ジャンルの垣根を飛び越えたスーパーエンタテインメント！

塩の街　有川　浩

「世界とか、救ってみたくない？」。塩が世界を埋め尽くす塩害の時代。崩壊寸前の東京で暮らす男と少女に、そそのかすように囁く者が運命をもたらす。有川浩デビュー作にして、不朽の名作。

クジラの彼　有川　浩

『浮上したら漁火がきれいだったので送ります』。それが2ヶ月ぶりのメールだった。彼女が出会った彼は潜水艦（クジラ）乗り。ふたりの恋の前には、いつも大きな海が横たわる――制服ラブコメ短編集。

孤狼《ころう》の血　柚月裕子

広島県内の所轄署に配属された新人の日岡はマル暴刑事・大上とコンビを組み金融会社社員失踪事件を追う。やがて複雑に絡み合う陰謀が明らかになっていき……男たちの生き様を克明に描いた、圧巻の警察小説。